On a volé la Joconde

Jérôme Coignard

POL'ART
ADAM BIRO

17, rue du Louvre, 75001 Paris

ISBN : 2-87660-076-5
Dépôt légal : juin 1990
N° d'éditeur : 0079

Note au lecteur

Cet ouvrage n'est pas une œuvre de fiction. Il a été écrit à partir des archives et des journaux de la période 1911-1915 concernant l'affaire du vol de la Joconde. *Tous les faits, noms et dialogues cités proviennent de ces sources. Elles sont répertoriées dans les notes et la liste en fin de volume.*

Au Louvre,
un lundi comme les autres

Lundi 21 août 1911, 7 h 15.

La journée sera chaude. Une lumière blanche baigne la gare d'Orsay dont les horloges, tels deux gros yeux d'émail, égrènent les minutes. Gommé par la vapeur matinale, le dôme vert du palais de la Légion d'honneur domine les tas de gravier du port de Solférino. De l'autre côté de la Seine, le Louvre étire paresseusement ses gigantesques façades noircies. Le quai est désert. Le crépitement soudain d'une voiture qui racle le pavé de ses roues cerclées de fer ne parvient pas à tirer Paris de sa torpeur estivale. Elle contourne le vieux palais, enfile la rue du Louvre en direction des Halles et disparaît. Un instant déchiré, le silence se reconstitue peu à peu.

Un homme surgit sur le trottoir qui longe le musée. Il marche d'un pas rapide en direction des Tuileries. Sa présence incongrue au beau milieu de cet univers minéral semble inexplicable. A moins qu'il ne soit sorti du musée. Par la porte Visconti peut-être, dont deux becs de gaz verdis marquent l'emplacement sur l'interminable façade. Un bruit sec, métallique : il vient de jeter quelque chose dans le fossé, pardessus la grille, un objet petit et brillant. Son bras se crispe autour d'un paquet rectangulaire grossièrement enveloppé. Va-t-il s'engouffrer sous le guichet du Carrousel ? Non, il traverse la rue et s'engage sur le pont. Le voici maintenant juché sur l'impériale de l'omnibus Grenelle-Porte-Saint-Martin.

Le Louvre est fermé au public. Depuis février 1907 en effet, le lundi est le jour de repos hebdomadaire accordé au personnel. Malgré cela, et malgré les vacances, le musée est loin d'être désert. S'affairant à divers chantiers à l'intérieur du Louvre, une foule d'ouvriers vont et viennent dans les galeries, interpellant parfois d'un air goguenard les chefs-d'œuvre dont ils ont vu la reproduction photographique sur les éventaires des grands boulevards. Libérées de l'admiration béate que le public leur voue les autres jours de la semaine, les œuvres semblent ravies de cette conversation un peu fruste. Pour un peu, la Victoire de Samothrace avouerait le mal de dos qu'elle éprouve à perpétuellement déployer ses grandes ailes de marbre en haut de l'escalier d'honneur du musée ; las d'embarquer pour Cythère, les personnages de Watteau prendraient volontiers le frais dans une guinguette des bords de Marne ; la Vierge de Raphaël mettrait bien son divin marmot en nourrice ; et la Vénus de Milo ne dédaigne pas les caresses. Des chevalets grincent et claquent, les copistes s'installent, bientôt auréolés d'une âcre odeur de térébenthine. Les photographes, après avoir brandi leur autorisation à l'entrée du musée et inscrit leur nom dans le registre, vont prendre leurs appareils laissés en consigne depuis huit jours chez un gardien. On les voit, çà et là, échafaudant autour d'un tableau une curieuse tente de taffetas noir destinée à éviter les reflets lors de la prise de vue. Ils ne relâcheront le captif qu'à la fin d'une longue séance. A travers des kilomètres de salles, marchant d'un pas vif mais serré pour ne pas glisser sur le parquet, leur assistant apporte les boîtes contenant les lourdes plaques de verre émulsionnées où, en quelques instants, ces trésors artistiques viendront s'imprimer.

A l'extrémité orientale de la Grande Galerie, le Salon Carré n'est pas épargné par cette agitation. Sanctuaire dépourvu de fenêtres, où l'on n'entre pas sans une certaine crainte respectueuse, c'est une énorme boîte tapissée des œuvres les plus précieuses des collections, et coiffée en guise de couvercle d'un plafond de stuc grouillant de génies musclés et de guirlandes dorées. C'est là que se rend d'ordinaire le visiteur pressé : en quelques minutes, il peut s'y pénétrer de la quintessence du génie universel : Véronèse, Rubens, Raphaël, Léonard de Vinci, Titien... Le gardien préposé à la surveillance de la salle s'est absenté, requis pour une tâche dans une autre partie du musée. Vers 7 h 10, le chef de l'équipe des ouvriers maçons, M. Picquet, passe en compagnie d'un ouvrier peintre de la maison Leclerc. Celui-ci s'exclame, en désignant les *Noces de Cana* de Véronèse, visiblement ému par ce mastodonte de dix mètres de long : « Voilà une toile qui a dû coûter cher. » Mais il ajoute, se tournant vers *la Joconde* accrochée sur le mur opposé : « Et dire que ce petit tableau vaut encore bien plus cher ! On dit même que c'est le plus cher du monde. » Les deux ouvriers s'approchent, scrutant la surface craquelée de l'énigmatique figure de Léonard dans l'espoir d'y lire les raisons de ce prix exorbitant.

Dans la Grande Galerie, on décroche des tableaux sur ordre du conservateur. Des cris brefs retentissent, on déplie de grandes échelles doubles de bois. Un gardien trébuche sur une corbeille d'osier contenant des cordes. Une large toile est soulevée du mur. On la suit des yeux. Elle se bombe comme une membrane distendue avant de se poser doucement sur le sol. Traversant à nouveau le Salon Carré quelques instants plus tard, M. Picquet ne peut se retenir d'édifier de sa science nouvellement acquise deux de ses maçons : « *La Joconde*, ce n'est pas grand mais c'est tout ce qu'il y a de plus cher ici. Ça vaut au moins 1 500 000 francs. Regardez-la bien, insiste-t-il, on ne la voit pas tous les jours, parce que souvent on l'enlève pour la photographier ou bien lorsqu'il y a des travaux dans la maison. » A 8 h 15, MM. Robert et Leturt, les deux maçons en question, passent à nouveau par le Salon Carré. « Tu vois bien, dit l'un, il avait raison, on l'a déjà enlevée. — C'est à cause des travaux », répond l'autre. Sous la lourde bordure dorée du *Repas chez Simon le Pharisien* de Véronèse, entre un Corrège et un Titien, un rectangle de mur rouge fiché de quatre gros clous de fer forgé marque seul l'emplacement du tableau.

L'œil vif, la barbiche grisonnante taillée court, les cheveux noirs soigneusement séparés en deux masses égales par une raie, Georges Bénédite préside aux destinées du département des

Antiquités égyptiennes. Malgré les vacances, et la chaleur, son activité n'est aucunement ralentie. Bien au contraire, puisqu'en l'absence de M. Homolle, directeur des musées nationaux, il a, par intérim, la charge du Louvre tout entier. C'est ainsi qu'il vient tous les jours au musée, dimanche compris, et qu'on l'y a même vu le jour de l'Assomption. Le lundi du « pont », le 14 août, constatant la température très élevée qui régnait dans certaines salles de peintures, il a donné l'ordre de faire aérer tout le musée. Il circule régulièrement dans l'ensemble du bâtiment, s'assurant par lui-même que rien d'anormal ne vient troubler la routine. M. le conservateur en chef des Antiquités égyptiennes ne néglige pas pour autant son département. En ce lundi, il lui consacre le plus clair de son temps. Ce matin-là, d'importantes manœuvres ont lieu, menées par l'équipe de marbriers. Il s'agit de préparer le travail des photographes en enlevant les vitrines et les lourdes cloches de verre qui protègent les œuvres : le *Scribe accroupi*, la *Reine Karomama* et la *Grande Porteuse d'offrande* sont, entre autres, l'objet de leur vigilance, ainsi que des bijoux. S'assurant du bon déroulement des opérations, Georges Bénédite se rend ensuite dans l'atelier de M. Boucher, pour voir où en est la restauration d'un vase de céramique bleue de la XVIIIe dynastie. Il passera l'après-midi à régler les affaires de son département, puis vers les 18 heures, le garçon de bureau Colville lui ayant annoncé : « Pas de pièces pour la signature », il quittera son bureau après une journée bien remplie.

Dans la muraille épaisse du Louvre se creuse tout un réseau de corridors dont l'étroitesse fait paraître la hauteur vertigineuse, d'escaliers obscurs, de réduits servant à entreposer du matériel, tabourets, chevalets, seaux et balais... Un univers indigent et médiocre, barbouillé d'un grossier badigeon, qui rampe en marge des vastes salles aux plafonds dorés. Ainsi, à deux pas du Salon Carré, une minuscule porte percée dans la boiserie de la Salle des Sept-Mètres donne accès à un petit escalier qui relie le rez-de-chaussée aux combles. Par cet escalier, on peut rapidement descendre vers la Cour du Sphinx sans avoir l'embarras de faire un détour par le grand escalier du musée. Après quelques marches, on se trouve sur un étroit palier. Lundi matin, ce palier est encombré d'un objet inhabituel dans cette partie du musée : un fort beau cadre de bois sculpté et doré, inséré dans un châssis vitré destiné sans doute à protéger une peinture très fragile. Le tout est appuyé contre le mur. Par terre, quelques miettes de papier gris, de ce papier dont on colmate les interstices entre le tableau et le cadre au revers de celui-ci. Un ouvrier pressé peut-être par la nécessité du service vient de désencadrer ici un tableau, plutôt que de le rapporter à son atelier. Et dans son zèle, il a oublié le cadre par terre. A y regarder de plus près, on peut même identifier précisément la peinture que celui-ci contenait, il y a peu encore. Un cartouche doré porte une inscription calligraphiée à la peinture noire :

Leonardo da Vinci (1452-1519)
École florentine
LA JOCONDE
(Portrait de Mona Lisa)

En continuant à descendre l'escalier, on arrive à une petite porte vitrée donnant sur la Cour du Sphinx. La serrure en est partiellement dévissée, et le bouton de porte manque. Le serrurier du musée est bien négligent.

Elle n'est plus là !

M. Béroud connaît bien le Salon Carré. Il l'a représenté à de nombreuses reprises dans des tableaux très soignés qui ont connu la faveur du public et même de certains des conservateurs du musée. Il en a d'ailleurs fait le sujet d'une composition bien originale il y a cinq ans de cela : on y voyait, regroupés autour de l'immense table en fer à cheval du banquet des Noces de Cana tous les personnages des tableaux voisins sortis de leur cadre pour venir festoyer ; Mona Lisa y croisait les mains à côté de l'Infante de Vélasquez, lorgnée depuis l'autre extrémité de la table par François Ier et l'Homme au gant de Titien. Au Louvre, on connaît bien Béroud. Sa longue familiarité avec les chefs-d'œuvre de la maison en fait presque un membre de la grande famille des employés du musée.

Levé de bon matin, M. Béroud reprend son poste habituel dans le Salon Carré ce mardi 22 août. Il va s'attaquer à une nouvelle œuvre. Il a son idée, une idée lumineuse. N'a-t-on pas récemment posé des vitres sur la plupart des œuvres célèbres du Louvre ? Eh bien lui, Louis Béroud, il va représenter une pimpante élégante rajustant sa coiffure devant la vitre de *la Joconde*. Il n'y en a pas deux comme M. Béroud pour camper une petite Parisienne cambrant devant une toile de maître sa silhouette festonnée et enrubannée. Innocente anecdote qui lui vaudra une fois encore la faveur du public. Mais son projet est provisoirement contrarié. Aucun doute, un pan de mur rouge et quatre clous de fer en témoignent : madame est de sortie. Interrogé par ses soins, le brigadier Paupardin — une vieille connaissance — lui explique : « Sans doute elle est à la photographie. Ils ne vont pas tarder à la remonter en place. »

Bien sûr, il suffisait d'y penser. Béroud le sait, la maison Adolphe Braun & Cie, photographe officiel du Louvre et des musées nationaux, jouit ici d'un extraordinaire privilège. Un traité l'autorise à faire déplacer dans un studio aménagé à cet effet les œuvres dont sont tirées de magnifiques épreuves photographiques au charbon. En ce moment même, l'employé de la maison Braun doit donc être en tête à tête avec Mona Lisa dans son cabinet noir. Bon prince, M. Béroud patiente en crayonnant l'esquisse de sa composition. Justement, il y a là ce matin le graveur Laguillermie, un camarade. M. Béroud a fait son portrait au moment où celui-ci gravait dans le cuivre les traits de l'inconstante Mona Lisa. Les deux artistes lient conversation, se livrant à d'innocentes blagues sur l'enlèvement de la belle. Le temps passe, et le chef-d'œuvre ne semble pas pressé de reprendre sa place d'honneur dans le Salon Carré. C'est maintenant l'heure de l'ouverture au public, et de précieux moments de tranquillité ont été gaspillés. De nouveau questionné, le brigadier Paupardin commence à manifester son étonnement. Il dépêche un de ses collègues à l'atelier du photographe. Le tableau n'y est pas. On l'aura sans doute porté dans le bureau d'un de ces messieurs de la Conservation, pour étude. L'un après l'autre, tels des fourmis dans le gigantesque labyrinthe des galeries du musée, les employés vont aux nouvelles, questionnent leurs collègues, commentent de gestes incrédules, s'interpellent, se regroupent, trottinent, s'affolent. L'agitation gagne la fourmilière tout entière. Un murmure s'élève, annonciateur de catastrophe. *Elle* n'est plus là.

Peu avant midi, Georges Bénédite vient à peine de rentrer à son domicile pour le déjeuner quand la sonnette retentit. C'est M. Galbrun, secrétaire des musées nationaux. Aussi inquiet que surpris de cette irruption, le conservateur s'apprête à l'interroger. « *La Joconde* n'est plus dans son cadre », lance l'autre, visiblement hors de ses gonds. Bénédite se précipite au Louvre et ordonne immédiatement des recherches, ainsi que la réunion de toutes les personnes qui ont pu se trouver au musée entre l'heure de la fermeture dimanche soir et l'heure de la réouverture lundi matin. Puis il se rend en trombe à la préfecture de police où il arrive à 12 h 20. Il n'a aucun mal à persuader le préfet lui-même de la gravité des faits et revient donc au musée escorté de Louis Lépine en personne. Ils sont bientôt rejoints par l'inspecteur Hamard, directeur de la Sûreté parisienne, et une soixantaine de ses meilleurs limiers.

Dérober *la Joconde* en plein mois d'août, pendant les vacances du directeur des musées nationaux, M. Homolle, et en l'absence de Dujardin-Beaumetz, sous-secrétaire d'État aux Beaux-Arts ! Bénédite n'a pas de chance. « Autant décrocher *la Joconde* ou emporter les tours de Notre-Dame », avait-on coutume d'affirmer pour dire d'une chose qu'elle était impossible. Mais si les tours de Notre-Dame, jusqu'à nouvel ordre, se portent bien, *la Joconde* a bel et bien été décrochée. Peut-être va-t-on tout simplement la retrouver dans quelque réduit obscur du musée. C'est l'avis de M. Leprieur, conservateur en chef du département des Peintures. L'auteur de ce geste inqualifiable ne vise qu'au scandale. Imaginez par exemple un journaliste en mal de copie, montant de toutes pièces l'affaire, puis publiant à la une d'un journal du soir un papier bien assaisonné. « Comment j'ai volé *la Joconde* », narrant son intimité avec le chef-d'œuvre de Vinci et dénonçant au passage l'anarchie des Beaux-Arts, l'incurie de la police, l'incapacité du ministère de l'Intérieur, et réclamant la démission du gouvernement. Au fond, l'hypothèse est assez plausible. *Le Cri de Paris* n'avait-il pas annoncé dans son édition du 24 juillet de l'an passé que *la Joconde* avait été volée et remplacée par une copie ? Il est vrai que depuis l'attentat de 1907 contre un tableau d'Ingres, les vitres qui couvrent désormais les principaux chefs-d'œuvre du musée permettent plus difficilement de déceler une éventuelle substitution. Sans compter qu'à l'époque de cette « mise sous cloche », n'importe qui aurait pu profiter du désordre qui régnait dans les galeries pour remplacer un original par une copie. En 1910, la fausse nouvelle du vol de *la Joconde* avait déclenché un beau tohu-bohu. On avait vu des journalistes sonner aux portes des ministères à 1 heure du matin. Deux ministres avaient même été réveillés à leur domicile privé. On avait alors bien ri de la farce. Homolle avait démenti, et tout était rentré dans l'ordre. Rirait-on autant aujourd'hui ? L'hypothèse du coup de bluff journalistique est désagréable, car l'administration en sortira ridiculisée. Mais au moins, le tableau sera intact.

Autre hypothèse, très plausible mais dangereuse cette fois, celle du maniaque, voire du sadique. Mona Lisa ne compte plus ses admirateurs, et une abondante correspondance amoureuse montre qu'elle peut même, chez certains sujets au psychisme fragile, faire naître une véritable passion. Un maniaque, donc, vole le tableau, pour assouvir son désir. Il se terre pendant quelques jours avec le chef-d'œuvre. Puis, la possession ayant satisfait son appétit déréglé, il le restitue. Ou bien, mû par une folie meurtrière, il détruit dans un accès de jalousie l'objet de son tourment. Perspective guère rassurante. Mais la simple manipulation du tableau peint sur bois il y a plus de quatre siècles a peut-être déjà irrémédiablement endommagé la belle Florentine.

A vrai dire, ce n'est pas la première fois que le Louvre est l'objet de pareille malveillance. On cite l'anecdote de ce journaliste qui avait passé une nuit au musée dans un sarcophage égyptien par bravade. Il y avait aussi le mystérieux visiteur nocturne de la Galerie d'Apollon : en 1908, un inconnu escaladant le balcon de la fenêtre dite de Charles IX quai du Louvre avait découpé la vitre avec un diamant. Une fois dans la galerie, il s'était contenté de déplacer certains des objets les plus précieux qu'il aurait pu voler. Et puis l'affaire de la statuette d'Isis, vingt kilos socle compris, enlevée de la cheminée sur laquelle elle se trouvait dans la Salle de la Susiane. Un vol cette fois.

La disparition de *la Joconde* constitue-t-elle une spectaculaire mise en garde, une blague, un acte d'amour désordonné ? L'hypothèse d'un vol vénal peut tout de même difficilement être retenue. Qui serait assez naïf pour espérer vendre impunément le tableau le plus célèbre du monde ? On peut démonter les pierres d'un diadème et les écouler séparément de leur monture, on peut fondre une pièce d'orfèvrerie et la revendre au poids du métal, mais un tableau ? Faut-il sérieusement envisager l'existence d'un amateur excentrique, un millionnaire américain par exemple, capable de soudoyer quelqu'un pour s'introduire au Louvre et s'emparer du tableau pour son compte ? A l'heure qu'il est, *la Joconde* vogue peut-être à destination de la Californie où, dans le palais hideux d'un magnat de l'industrie alimentaire, un salon coffre-fort capitonné de soie s'apprête à la recevoir. Pas impossible sans doute, mais tout de même bien romanesque.

L'inquiétant, c'est qu'il existe un grand nombre de copies anciennes, travail de l'atelier de Léonard ou simples exercices d'école. Réalisées sans intentions frauduleuses, ces copies patinées et craquelées à souhait risquent de devenir l'objet d'un odieux trafic. Joseph Reinach, député des Basses-Alpes, éminent politicien et membre de la société des Amis du Louvre, ne rejette pas pour sa part l'hypothèse du vol. Et justement, l'une de ces copies circulait récemment à Paris, présentée par son propriétaire comme un original. « Imaginez maintenant que l'une ou l'autre de ces copies anciennes soit tombée précisément entre les mains des auteurs du vol. Que va-t-il se produire ? D'ici à quelques semaines ou quelques mois, ceux-ci enverront au Louvre la copie ancienne qui serait censée être l'original, ou, même, c'est l'original qu'ils retourneront. Les conservateurs du musée ne se méprendraient pas une minute sur l'inauthenticité de la copie la plus parfaite. Il existe en effet toute une série de procédés matériels pour reconnaître une copie d'un original. Donc les voleurs de *la Joconde* retournent l'original au Louvre, mais ils vont vendre la copie en Amérique où ils expliquent à des milliardaires moins avertis que les conservateurs que le Louvre ne possède plus qu'une copie, et que c'est l'original qu'ils mettent en vente. Il y aura un doute désormais sur l'authenticité de *la Joconde*. *La Joconde* elle-même reste invendable, mais une copie de *la Joconde* peut être vendue comme un original[1]. »

De l'aveu même de Reinach, un spécialiste mis en présence du tableau ne peut avoir de doute sur son authenticité. Pensez donc ! Une œuvre qui se trouve dans les collections françaises depuis quatre siècles. Peint à Florence par Léonard, transporté en France et acheté par François Ier, placé par Bonaparte dans sa chambre du palais des Tuileries en 1800 et, enfin, accroché au Louvre quelques années plus tard, le tableau du Louvre jouit d'un arbre généalogique des plus glorieux. Quant aux copies, il suffira de les confronter à une photographie de celui-ci, une de celles prises par Ad. Braun & Cie par exemple. De même que l'identification des criminels est rendue possible, à partir d'une empreinte digitale, grâce à la méthode « dactyloscopique » du Dr Bertillon, de même on pourrait imaginer de répertorier les chefs-d'œuvre de la peinture ancienne en fonction de leur réseau de craquelures. Celles-ci diffèrent d'une œuvre à l'autre et constituent une « signature » infalsifiable. Les grandes reproductions photographiques non retouchées de *la Joconde* faites par Braun mettent en évidence le réseau très visible de craquelures, aussi rigoureusement personnel à Mona Lisa que l'aurait été l'empreinte de son pouce. Le graveur Coppier a identifié en moyenne pour un centimètre carré de peinture une trentaine de traits de craquelure, ce qui porte à cinq cent mille les combinaisons de croisements de ces traits, pour l'ensemble de l'œuvre. Aucun faussaire, si patient soit-il, ne saurait reproduire ces accidents de la surface picturale dans une copie.

En milieu d'après-midi, dans la Cour du Carrousel, un mouvement de foule trahit même pour l'observateur le moins attentif la gravité exceptionnelle de la situation. Les gardiens procèdent à l'évacuation du musée dont, en même temps, ils interdisent, avec la dernière énergie, l'entrée à tout nouveau venu. Déjà alertés par le bruit qui s'est répandu comme une traînée de poudre, quelques journalistes demandent vainement à être reçus par les conservateurs. Personne n'entre, la consigne est formelle. Les visiteurs refoulés, et parmi eux beaucoup d'Anglais, restent perplexes. Un attroupement se forme devant la Colonnade. On s'étonne, on suppute, on s'aborde :

— Qu'y a-t-il ?

— On ne sait pas.

— On dit que *la Joconde* a été volée.

Interrogé, un gardien rétorque :

« Des histoires ! C'est une conduite d'eau qui s'est crevée... Allez-vous-en, vous ne pouvez pas rester dans le musée. »

Aux autres portes du musée la foule s'agglutine de même, interloquée. Habillés en civil, des agents de la Sûreté barrent les issues. Engluée dans ses interrogations sans réponses, la foule stagne, image vivante de la calamité qui vient de s'abattre sur le musée. Un journaliste du *Temps* parvient à arracher quelques mots à un gardien que l'émotion rend disert :

« Surtout ne faites pas d'histoire... Eh bien, oui, c'est vrai. *Elle* n'est plus là... C'est à 10 heures ce matin qu'on s'en est aperçu. Le musée ouvre ses portes à 9 heures. Il y avait déjà des visiteurs quand on a découvert le cadre vide, dans un escalier particulier... C'est hier ou ce matin que le vol a eu lieu. Le lundi, le musée est fermé ; sur les cent soixante gardiens qui font le service, les jours ordinaires, il n'en reste que dix. Ce n'est pas assez — déjà nous avons du mal quand nous sommes au complet —, il en faudrait bien davantage, d'autant plus que le lundi, il y a parfois autant de monde dans le musée qu'aux jours de public, des photographes, des artistes, les membres de la Société des Amis du Louvre. On recherche en ce moment les noms de toutes les personnes qui sont venues hier : il est facile de les retrouver, puisqu'elles sont munies de cartes d'identité avec leur photographie... Ah ! monsieur, cela devait arriver, c'était certain, nous l'avons assez dit et répété[2]. »

Retranchés à l'intérieur du musée, M. Leprieur et M. Bénédite restent injoignables. Alerté de la disparition de *la Joconde*, le garde des Sceaux a immédiatement saisi le procureur général. Celui-ci commet M. Drioux, juge d'instruction, qui, accompagné par M. Lescouvé, procureur de la République, se rend dès 17 h 30 au musée du Louvre. L'enquête peut commencer.

L'énigme de la Cour du Sphinx

Le préfet Lépine, l'inspecteur Hamard et le juge Drioux installent leur quartier général dans les bureaux de la Conservation du musée. Le voleur, malfaiteur ou mauvais plaisant, se cache peut-être encore dans le palais. Toutes les issues sont désormais bloquées par la police. Avant de répondre à la question « Comment *la Joconde* a-t-elle bien pu sortir du Louvre ? », il faut d'abord s'assurer qu'elle en est sortie. Il est difficile, voire impossible, de sortir impunément du musée avec un paquet sous le bras. Le panneau (du peuplier, un bois très léger) sur lequel est peint le tableau mesure tout de même soixante-dix-sept centimètres de haut sur cinquante-trois de large. Difficile à glisser dans son gilet ou à cacher sous sa redingote. Et les instructions sont formelles, comme le rappelle un écriteau manuscrit affiché aux portes du musée :

« Nul ne peut sortir du musée étant porteur d'un paquet, s'il n'est muni d'un bon de sortie, daté du jour et signé d'un conservateur ou d'un agent qualifié. Signé : Le directeur des musées nationaux et de l'École du Louvre, membre de l'Institut.

HOMOLLE. »

Dès leur arrivée au Louvre, les magistrats interrogent diverses personnes, parmi lesquelles les maçons qui ont vu *la Joconde* dans le Salon Carré lundi matin peu après 7 heures. Demain mercredi, le juge Drioux entendra les gardiens qui étaient de service lundi matin et dans la soirée au musée, ainsi que le personnel des bureaux. On prépare la liste des photographes, des artistes, des ouvriers et de tous les autres porteurs d'une autorisation leur donnant libre accès au musée le lundi. Dès qu'elle a eu connaissance du vol, la direction de la Sûreté générale a avisé les commissaires spéciaux de province chargés de la surveillance des postes frontières et des ports. Le portrait de *la Joconde* a été envoyé aux différents services. Il va également être reproduit dans le *Bulletin de police criminelle*.

Au Louvre, on procède à une fouille minutieuse, tâche qui n'est guère facilitée par l'immensité du palais. Des policiers se sont postés sur les toits, inspectant des kilomètres d'ardoise, de zinc et de plomb chauffés par le soleil. Dans la Salle Duchatel, qui communique avec le Salon Carré, on découvre un réduit obscur qui a très bien pu abriter le voleur dans la nuit de samedi à dimanche. La porte, dissimulée par une tenture, en a été trouvée ouverte. Très vite, le cadre du tableau est identifié, retrouvé dans l'escalier menant à la Cour du Sphinx. Voilà du travail soigné, un ouvrage méthodiquement exécuté. Un fou, dans sa frénésie, n'aurait-il pas tenté de tout emporter, vitre et cadre compris ? Arrivé dans le Salon Carré pour faire un cliché de *la Joconde*, un photographe anglais du nom de Coles a noté son absence dès 8 h 30. Il remarque alors le nombre important de visiteurs privilégiés admis dans le musée. Sa déposition, ainsi que celles du personnel du musée, permet de situer le vol entre 7 h 30 et 8 h 30 du matin. Saisi de l'affaire mardi en fin d'après-midi, le juge Drioux a donc, dans l'hypothèse la plus favorable, un handicap de trente-six heures sur le voleur. Trente-six heures que l'énergumène a dû mettre à profit pour s'enfuir loin de la capitale. Peut-être est-il déjà hors de France. Ce mardi soir, le juge Drioux prescrit malgré tout des recherches actives dans les gares et dans les ports et « dans le milieu des marchands de tableaux ou d'objets d'art qui sont suspects ». Sait-on jamais !

Au Louvre, mercredi matin, l'instruction se poursuit. Parmi les dépositions reçues ce jour-là par le juge Drioux, celle du plombier Sauvé revêt une importance toute particulière. Lundi matin vers 7 h 20 environ, ce brave homme a constaté que la porte de la Cour du Sphinx était ouverte, qu'on avait commencé à dévisser la serrure et qu'un des boutons de celle-ci avait disparu. Mieux encore, il a vu un homme, un ouvrier en blouse, assis au bas de l'escalier. Celui-ci a demandé de lui ouvrir la porte donnant sur la Cour du Sphinx. L'homme portait-il un paquet ? Sauvé ne se le rappelle pas...

On parvient peu à peu à reconstituer le crime. Après s'être caché dans le petit escalier pour détacher, avec un canif, les bandes de papier qui par-derrière réunissaient le tableau à son cadre, le voleur, arrivant au bas de l'escalier, avait dû commencer à fracturer la serrure qui lui résistait, enlevant le bouton de porte et retirant une première vis. Entendant du bruit, il s'était alors sans doute assis précipitamment sur les marches où M. Sauvé l'avait trouvé. Peut-être ne s'agissait-il que d'un complice. Aucun indice ne permet pour le moment d'établir si le voleur a agi seul. De toute évidence, il a dû bénéficier de quelque accointance parmi le personnel du musée. D'ailleurs, Sauvé ajoute que la physionomie de l'inconnu de l'escalier ne lui est pas complètement étrangère...

Inimaginable, incroyable, invraisemblable, fou, scandaleux, impossible, insensé : un déluge d'épithètes s'abat sur la presse nationale et, bientôt, internationale, pour qualifier l'audacieux enlèvement. Quand ? Comment ? Qui ? On ressasse inlassablement les mêmes questions — et les mêmes hypothèses. *La Joconde* relègue au second plan les relations très tendues entre la France et l'Allemagne sur la question marocaine. On essaie encore de croire à une plaisanterie. Le mercredi, à 1 h 15 du matin, on sonne chez Henry de Forge, qui dirige *Fantasio*, une feuille humoristique. En chemise de nuit, revolver au poing, il va ouvrir : c'est un confrère qui *la* lui réclame, supposant que *Fantasio* trempe dans l'affaire. De Forge concède :

« Nous avons osé envoyer au Salon un tableau signé Boronali et fait par un âne agitant une queue distraite ; nous avons voulu — mais l'avons raté, hélas ! — voler la tête du diplodocus, le jour où M. Fallières est allé lui présenter ses respects, mais nous ne nous sommes pas attaqués à *la Joconde* !

— Comme mystificateur de vocation, que pensez-vous de cette plaisanterie-là... si c'en est une ? demande le journaliste.

— Oh ! je pense que si celui qui a volé *la Joconde* s'arrange de manière à ne point l'abîmer, et à la renvoyer intacte, enveloppée dans du papier de soie noué de faveurs roses, par un commissaire honorable, à M. Dujardin-Beaumetz, je pense, dis-je, qu'il aura tous les rieurs pour lui ! Et j'ajoute qu'il aura bien fait d'infliger à une administration, négligente et coûteuse, une leçon qu'elle n'avait point volée[3] ! »

Commotionnée par cette nouvelle, la France est brutalement tirée de sa torpeur estivale. Comme un essaim furieux d'abeilles, reporters et envoyés spéciaux tentent de butiner ces trois grosses fleurs récalcitrantes que sont devenus le Louvre, le Palais de Justice et la « Tour pointue », le quai des Orfèvres où officie l'inspecteur Hamard. On découvre avec étonnement le privilège qui permet au photographe officiel du musée de s'enfermer dans son cagibi avec les chefs-d'œuvre. On vilipende cette foule élégante du lundi qui, forte d'un passe-droit, peut déambuler à son aise dans le Louvre « fermé ». On parle notamment d'une demoiselle anglaise qui, grâce à une protection spéciale, fait des conférences le lundi devant une cinquantaine d'étrangers. Et comment recrute-t-elle son auditoire ? Elle envoie tout bonnement dans les hôtels des prospectus indiquant les heures et les tarifs de ces « leçons ». « Qui sait si ce fameux prospectus, tombant entre les mains d'un rat d'hôtel, n'y a pas fait germer l'idée d'un vol ? » demande *l'Intransigeant*. En tout cas, il est un fait évident, c'est que rien n'était plus facile à l'un des cinquante clients de Mlle X... que de rester en arrière du groupe. Qui s'en serait aperçu ? Incontestablement, de telles pratiques sont dangereuses, surtout le jour de fermeture où la surveillance est exercée par un nombre très réduit de gardiens.

Et quand les journalistes ont reconstitué pour la centième fois l'itinéraire probable du voleur, imaginé les motivations de celui-ci, dénoncé l'anarchie administrative du pays dont ce vol spectaculaire n'est qu'une illustration supplémentaire, de quoi parlent-ils ? De Mona Lisa, bien sûr !

« *La Joconde* était si belle, écrit Apollinaire, que sa perfection faisait partie désormais des lieux communs de l'Art. Il n'y en a pas beaucoup. L'*Apollon du Belvédère*, la *Vénus de Milo, la Joconde, la Madone Sixtine, le Jugement dernier, l'Embarquement pour Cythère, l'Angélus, l'Ile des morts*, ce sont là, à peu d'œuvres près, tout ce que l'humanité a mis à part dans la production artistique de tous les siècles. Ce sont là les ouvrages les plus célèbres du monde entier. Cela ne veut point dire, au demeurant, que la réputation de quelques-uns de ces ouvrages ne dépasse leur valeur d'art. *L'Ile des morts* de Bœcklin et *l'Angélus* de Millet sont prisés sans aucun doute plus haut qu'ils ne valent, mais la renommée de *la Joconde* égalait sa beauté, si même elle n'était en dessous[4]... »

Et l'on peut impunément toucher, emporter même une œuvre consacrée par l'admiration universelle sans déclencher la moindre sonnerie électrique ! *La Joconde* n'était pas même scellée au mur, s'étonne-t-on dans les rédactions. C'est qu'en cas d'incendie, il faut pouvoir évacuer au plus vite les tableaux, répond Homolle. La démonstration inopinément fournie par le voleur prouve que *la Joconde* n'avait rien à craindre du feu !

Dans un article ordurier, Louis Dimier désigne les vrais coupables : les « juifs de *Joconde* », menés par Salomon Reinach, directeur du musée de Saint-Germain-en-Laye, et ses deux frères. A propos des commentaires de Joseph Reinach sur une confusion possible entre *la Joconde* et des copies, Dimier éructe : « Le souvenir des fausses attributions du Bordereau et de l'homme de paille Esterhazy était sans doute présent à son esprit quand il dressait ces hypothèses de truquage juif [...] Il nous manque encore l'opinion d'un juif de *Joconde* : le juif mystérieux et caché qui se propose de maquiller et camoufler le tableau volé comme il a maquillé et camouflé tant d'objets d'art pour collections américaines[5]. » Seuls pour l'instant, Mona Lisa et son ravisseur connaissent la réponse à cette énigme dont, malgré ses efforts, *L'Action française* ne parviendra pas à créer une nouvelle affaire Dreyfus.

Si l'administration et le gouvernement radical sont souvent pris à partie, la presse, dans un premier temps, telle une armée après la bataille, mesure l'ampleur de la perte. *L'Illustration*, rappelant le mot de Paul de Saint-Victor, affirme que le Louvre vient de perdre l'un des deux miracles de la peinture, le second étant *la Vierge, sainte Anne et l'Enfant Jésus* du même Vinci : « Avec quel amour, quelle ferveur fut peinte cette effigie d'une femme dont nous ne savons à peu près rien — sinon qu'elle fut belle et qu'elle semble pleinement heureuse ! Mona Lisa Gherardini, troisième femme de Francesco del Giocondo, citoyen de Florence — d'où son surnom de la Gioconda, la Joconde —, était dans tout l'éclat de sa moelleuse beauté quand, vers 1500, Léonard commença son portrait. Il y mit tout son génie et toute sa passion. Car il l'aimait. Pendant les séances de pose qu'elle lui accordait, afin d'entretenir sur ces chères lèvres l'ineffable sourire qui mollement les infléchit, Léonard, a conté Vasari, l'entourait de musiciens et de bouffons[6]... »

Et *le Temps* cite les lignes de Charles Clément : « Aussi longtemps qu'il restera quelques vestiges de cette merveilleuse et funeste beauté, tous ceux qui cherchent à lire les mystères de l'âme sur les traits du visage voudront avec angoisse demander à ce sphinx nouveau le mot de l'énigme éternelle[7]. »

Jeudi matin, M. Dujardin-Beaumetz, sous-secrétaire d'État aux Beaux-Arts, arrive à Paris. Prévenu par dépêche, il a bouclé sa valise à la hâte et pris le premier train, abandonnant la radieuse cité de Carcassonne où hier encore il prenait part aux délibérations du Conseil général. Avant de quitter la rue de Valois pour sa circonscription, il avait dit à son chef de cabinet : « Surtout, ne me rappelez que si le Louvre brûle ou si *la Joconde* est volée. » Le jovial, le pittoresque, le rubicond Dujardin-Beaumetz a sans doute pâli en recevant cette dépêche. *La Joconde* volée ! Et ce gribouille, ce jean-foutre de Homolle, qu'a-t-il fait pour assurer la sécurité de nos collections nationales ? Un érudit, un « savant », un incapable qui s'est laissé déborder par les tâches administratives qui lui incombent. Lors du vol de la statuette d'Isis, Dujardin-Beaumetz avait été informé par les journaux avant d'être prévenu — neuf jours après les faits — par le directeur des musées nationaux. Et la tentative d'effraction de la Galerie d'Apollon ? Ce n'était pas faute d'avoir adressé à Homolle des instructions précises quant à la sécurité des musées nationaux. Il s'était même entendu avec le préfet de Police pour faire exercer une surveillance incessante aux abords du Louvre. A quoi bon tout cela si en plein jour, au nez et à la barbe des gardiens, la perle rare, la création la plus exquise, la plus noble de nos collections pouvait être décrochée du mur aussi facilement qu'un vulgaire calendrier des postes ?

Dès son arrivée à la gare d'Orsay, le sous-secrétaire d'État aux Beaux-Arts, la barbe au vent, le crâne chauve luisant sous un soleil déjà chaud, fait charger sa valise sur un taxi-auto : Au Louvre ! Entrant dans le musée par la Porte Visconti, Dujardin-Beaumetz y rejoint le ministre de la Justice, M. Cruppi, qui se trouve déjà dans le Salon Carré en présence d'une brochette d'officiels : MM. Lépine, Lescouvé, Drioux, Bénédite, Hamard et plusieurs autres fonctionnaires. Théophile Homolle, rentré le matin même de sa villégiature dans les Vosges, est également présent. En compagnie de Dujardin-Beaumetz, on procède à la reconstitution du crime. Les ministres et les personnes qui les accompagnent parcourent le chemin qu'a probablement suivi le voleur, depuis le Salon Carré jusqu'à la porte ouvrant sur la Cour Visconti. A quoi pense-t-il, le rondouillard Dujardin-Beaumetz en descendant les marches du sordide petit escalier qui mène à la Cour du Sphinx ? Peut-être à la surveillance spéciale — une belle blague ! — dont, depuis longtemps déjà, *la Joconde* était l'objet, ainsi que quelques chefs-d'œuvre du musée. Surveillance visant non pas d'éventuels voleurs, hypothèse qui même aujourd'hui, devant les faits, reste difficile à accepter, mais plutôt les monomanes qui rôdaient autour de l'indicible sourire, et risquaient d'en altérer à jamais la savante perfection.

En traversant la Cour Carrée à sa sortie du musée, le sous-secrétaire d'État est rejoint par Delaroche-Vernet. Le député de la Loire-Inférieure, qui a manifesté son intention d'interpeller à la Chambre le ministre de l'Instruction publique sur le vol de *la Joconde*, vient aux nouvelles. Dujardin-Beaumetz explose : « J'arrive de Carcassonne et je n'en sais pas plus long que vous. Ce que je puis vous dire, c'est que l'administration du Louvre n'est pas coupable et que nous devons avoir confiance. On ne peut pas dérober ainsi *la Joconde*. Les meilleurs limiers de la police s'occupent de l'affaire et il ne faut pas désespérer. »

Avant de quitter le Louvre, Dujardin-Beaumetz a demandé à Leprieur si c'est bien la vraie *Joconde* qu'on a volée. Avec tous ces bruits qui courent, on ne sait jamais... Le conservateur, malheureusement, est catégorique. Il a eu à trois reprises l'occasion de tenir le panneau entre ses mains. La première fois, c'était en 1905, pour faire certaines comparaisons techniques avec *la Belle Jardinière* de Raphaël ; la seconde en 1906, lorsque le tableau fut désencadré pour être placé dans le cadre offert par la comtesse de Béarn ; la troisième enfin, il y a deux mois, de la sciure s'étant déposée sur le tableau à la suite de trous de vers dans le cadre. Il ne fait aucun doute pour Leprieur que c'est bien le même tableau qu'il a examiné à trois reprises : l'œuvre authentique de Léonard[8].

Encore vêtu de son costume de voyage, un feutre gris rabattu sur ses yeux, Théophile Homolle est resté foudroyé par l'annonce du vol qu'il n'a appris qu'à son arrivée au Louvre. Fatigué par une nuit blanche passée dans le train à échafauder toutes sortes d'hypothèses, son beau visage, dont une barbe noire très drue accentue la pâleur, se crispe lorsqu'un journaliste qui a pu parvenir jusqu'à lui l'interroge sur sa version des faits :

« D'opinion, je n'en ai pas. Tout aurait pu sembler possible sauf cela. Voler *la Joconde* ! s'écrie-t-il en levant les bras, c'est une affaire ahurissante. Oser voler *la Joconde* !

— A-t-il fallu longtemps à l'auteur du vol pour enlever le panneau de son cadre ? Est-il nécessaire d'être un homme du métier pour réussir ce travail sans occasionner de dégâts ?

— Le panneau, reprend Homolle plus calme, était fixé au cadre au moyen de taquets situés derrière lui et retenus eux-mêmes par des vis. Peut-être le travail aurait-il demandé un certain temps si on avait dévissé les pointes comme l'aurait pu faire un professionnel, mais on a fait simplement sauter les taquets, en opérant une pression avec un instrument rigide, comme avec une pince-monseigneur, et cela a été fait instantanément. »

Durant ses neuf années de carrière à la tête du Louvre et des musées nationaux, l'éminent archéologue n'a encore jamais été confronté à une crise aussi grave. Il commence à peine à en mesurer les terribles conséquences.

Cependant, l'instruction prend un tour décisif. Un employé d'une grande administration qui accompagnait deux personnes lundi au train de 7 h 40 pour Bordeaux a remarqué un voyageur dont les allures l'ont quelque peu intrigué. L'homme, qui semblait pressé, portait un panneau dont les dimensions pouvaient rappeler celles de *la Joconde*. Ce paquet était enveloppé dans une couverture à carreaux. L'inconnu portait une barbe noire et des lunettes. Il prit place dans un compartiment de troisième classe du deuxième wagon de tête du rapide. Deux employés de la gare d'Orsay ont également remarqué la présence de ce voyageur. M. Girêt, contrôleur des billets, déclare :

« Lundi dernier, à 7 h 40 du matin, à l'instant précis où le rapide 31 allait quitter la gare, je vis accourir à mon contrôle un voyageur. Il me tendit un billet et sans attendre que je le lui eusse rendu, toujours courant, il s'engagea dans l'escalier donnant accès au quai de départ. Ayant poinçonné le billet, je courus moi-même après le voyageur pour le lui rendre : — Où allez-vous, lui demandai-je ? Sèchement, il me répondit : Bordeaux. — Le train s'ébranlait ; l'inconnu monta dans un compartiment de 3e classe. J'ai remarqué que ce voyageur était grand, il portait des lunettes avec des verres de couleur, noirs ou bleus, sombres en tout cas. Était-il porteur de bagages ? Je ne saurais le dire[9]. »

M. Mandrot, surveillant de quai, a pu compléter ce signalement : l'individu devait avoir environ quarante-cinq ans. Il avait le visage encadré d'une barbe noire, longue et taillée en carré.

Vendredi 25 août, dans l'après-midi, la Sûreté reçoit la

dépêche officielle lui donnant le signalement de l'individu de la gare d'Orsay et lui ordonnant de faire des recherches pour retrouver sa piste. Immédiatement, des inspecteurs commencent les investigations. Ayant quitté Paris lundi matin, l'inconnu a pu s'embarquer mardi sur le vapeur *Californie*, parti pour La Havane avec dix-huit passagers. Il a également pu prendre passage sur le paquebot *Afrique* qui a quitté Pauillac dans la journée, à destination de Dakar et de la côte occidentale d'Afrique. Mais si le fugitif s'est bel et bien embarqué à Bordeaux, il a dû choisir de préférence le *Cordillère* qui a quitté le port dans l'après-midi à destination de Dakar, du Brésil et de La Plata. L'enquête menée à bord du paquebot ne permettra pas de trouver trace de *la Joconde*. La reverra-t-on un jour ?

Dans l'après-midi, Dujardin-Beaumetz se rend à nouveau au Louvre, cette fois en compagnie de M. Steeg, ministre de l'Instruction publique et des Beaux-Arts. Steeg, qui se trouvait depuis quelques jours à Flainville (Seine-Inférieure), est rentré le matin même à Paris. Tous deux sont reçus par Homolle. Rien ne filtre de cette entrevue, mais une chose est sûre : des sanctions extrêmement rigoureuses seront prises, une fois les responsabilités établies. L'opinion, encore abasourdie par la nouvelle du vol, réclame les coupables. Elle ne va pas tarder à être satisfaite. Joseph Caillaux, président du Conseil, est bien entendu tenu informé des premiers résultats de l'enquête.

Bientôt, d'autres dépositions permettent de confirmer l'itinéraire du criminel. Un témoin qui, le lundi vers 7 h 30, se trouvait quai du Louvre a vu filer le long du « saut-de-loup » creusé au pied de la façade du palais un individu portant un paquet ayant la forme d'un tableau. Puis un tailleur, employé du magasin « le Petit-Saint-Thomas », qui allait prendre le bateau, a remarqué quelqu'un, dont il ne peut malheureusement donner qu'un vague signalement, qui jetait un objet dans le saut-de-loup, cinq ou six mètres avant le premier guichet du Carrousel. Il n'a tout d'abord attaché aucune importance à cet incident. Mais après le vol, ayant lu les journaux, il se fait un devoir d'en parler au juge. Auparavant — le jeudi 24 — il a voulu vérifier la nature de l'objet lancé et a trouvé un vulgaire bouton de porte qu'il a laissé. Aujourd'hui, avant de se rendre chez M. le juge, il retourne sur le quai : le bouton de porte a disparu. C'est que, quelques instants auparavant, le balayeur l'a ramassé et remis à un gardien de musée. Après cette déposition, le juge fait faire des recherches. Un gardien lui apporte le bouton de porte. Le témoin l'identifie. Il porte la même marque de fabrique F.T. que celui qui est resté sur la porte donnant sur la Cour du Sphinx. En outre, on y voit la trace laissée par le choc sur le macadam du saut-de-loup.

Ainsi, le voleur a été vu en sortant du musée. L'instruction franchit un pas considérable. Est-ce le même homme qui a attiré la suspicion à la gare d'Orsay le lundi matin ? Est-ce lui encore qui, peu avant, a été vu par le plombier Sauvé sur les marches de l'escalier du Louvre ? Il reste à savoir où il se trouve maintenant, et comment il a pu sortir aussi facilement du musée avec un paquet sous le bras. Informé par le juge Drioux, le service de la Sûreté de Paris adresse aux chefs de dépôt des compagnies de voitures et de tramways la circulaire suivante :

« Le lundi 21 août courant, vers 7 h 1/2 du matin, un individu porteur d'un paquet haut de 0,70 m et large de 0,53 m, ayant la forme d'un panneau de bois, recouvert vraisemblablement d'une étoffe sombre flottante, a pu prendre une voiture, un taxi-auto, un omnibus ou un tramway, quai Conti, quai des Tuileries, Cour du Carrousel, place du Théâtre-Français, ou dans une voie quelconque proche des guichets du Louvre. Prière à MM. les chefs de dépôt de vouloir bien demander aux cochers, conducteurs, wattmen ce qu'ils auraient pu remarquer concernant ce voyageur et s'ils se rappelleraient, notamment, où il est descendu. C'est un homme de 40 à 50 ans, taille moyenne, assez fort. Il était coiffé d'un chapeau de paille et vêtu en bourgeois de condition modeste[10]. »

Comment le voleur a-t-il pu gagner le quai sans être inquiété ? La Porte Visconti est toujours close et gardée par un concierge. Il est vrai que celui-ci est accoutumé à voir sortir de nombreuses personnes étrangères au service. En effet, l'atelier de moulage du Louvre donnant sur la Cour Visconti, c'est, dans la journée, un constant va-et-vient de visiteurs et de clients venus acquérir des reproductions des chefs-d'œuvre de la statuaire antique. Le concierge voit donc souvent passer des porteurs de paquets ou de colis enveloppés. A-t-il relâché sa surveillance au point de ne pas poser de questions à ces porteurs de paquets ? Au point de tirer le cordon — puisque c'est ainsi que s'ouvre la Porte Visconti, comme un vulgaire immeuble bourgeois — au premier venu ? Le coupable devait bien connaître les habitudes de la maison. Il ne faut d'ailleurs pas complètement rejeter une autre hypothèse : après s'être débarrassé de la vitre et du cadre, il a pu remonter dans les salles et sortir par une autre issue.

La nouvelle du vol de *la Joconde* a plongé M. Loyer dans une désolation touchante. C'est M. Loyer qui, il y a quelques années, avait encadré le tableau. Le cadre, un chef-d'œuvre Renaissance, avait été découvert par lui dans une collection privée. Il l'avait vendu à la comtesse de Béarn qui en avait fait don au Louvre pour remplacer la bordure plus quelconque qui jusqu'alors ornait *Mona Lisa*. Dieu merci, on n'a pas volé le cadre ! M. Loyer est rassuré.

En présence du juge Drioux, on se livre à une expérience dans les salles du musée. Un ouvrier expérimenté, habitué à ce genre de besogne, peut en deux minutes décrocher un tableau ayant les mêmes dimensions que *la Joconde*. Aux autres, il faut dix bonnes minutes pour s'acquitter de cette tâche. Le voleur n'est donc pas un débutant, et il a soigneusement préparé son coup. Car *la Joconde* dans son cadre, fixée à une sorte de boîte protectrice munie d'une vitre épaisse, pesait près de trente-cinq kilos.

Au dehors, les bruits les plus fous se propagent. On dit que le tableau n'a pas été volé mais gravement endommagé, voire irrémédiablement défiguré. La faute est si énorme qu'elle n'est pas avouable. Un puissant personnage, un ministre peut-être, « couvre » le fonctionnaire coupable. L'accident a très bien pu arriver chez le photographe. Il existe un produit pour atténuer les reflets des objets à photographier. Au lieu de vaporiser ce liquide, un assistant aurait employé une solution corrosive qui a vérolé la précieuse peinture. Se rappelle-t-on l'affaire du Rubens en 1902 ? *La Kermesse*, provenant des collections de Louis XIV, avait été installé sur la terrasse par l'opérateur de la maison Braun, le temps d'une prise de vue. Un coup de vent renversa brusquement tableau et chevalet[11]. Heureusement, les dommages n'étaient pas irréparables, et l'affaire avait pu être étouffée. Le vol de *la Joconde* n'est-il qu'une comédie montée pour expliquer la disparition accidentelle du tableau ?

C'est Bertillon qui est content. Sur le précieux cadre, et sur la vitre qui protégeait le tableau, le chef du service anthropométrique de la police a relevé de nombreuses traces et une empreinte distincte, quoique un peu écrasée, celle d'un pouce. Une première liste de plus de deux cent cinquante personnes employées par les musées nationaux lui a été communiquée. Les conservateurs et le directeur lui-même ont de bonne grâce trempé leurs blanches mains dans l'encre grasse de l'anthropométrie. Aucune des empreintes ainsi relevées ne correspond à celle laissée sur la vitre du tableau. Ce pouce est donc presque certainement celui du voleur. On va bientôt « bertillonner » les ouvriers ayant occasionnellement travaillé au Louvre.

En attendant, Alphonse Bertillon, planté en bas du petit escalier emprunté par le voleur, s'assure par lui-même que le bouton de porte retrouvé correspond bien à l'autre bouton resté dans la serrure et s'adapte à la tige. Soudain, il sent un jet d'eau chaude qui lui tombe sur le cou. Très intrigué, il regarde en l'air et aperçoit un gardien qui, du haut du troisième étage, déverse tranquillement sur lui cette pluie malodorante. Les water-closets, il est vrai, se trouvent au deuxième étage... Décidément, il est grand temps de donner un coup de balai dans cette pétaudière qui n'a rien à envier aux écuries d'Augias.

Une arrestation

Depuis le 22 août, *la Joconde* a relégué au second plan les risques de conflit avec l'Allemagne. Car tandis que la canicule accable l'Europe, des orages qui couvent au large des côtes marocaines menacent la diplomatie internationale. Le 1er juillet, on apprenait avec une profonde stupeur que l'Allemagne, prétextant de l'agitation dans la région de Sous et craignant pour la sécurité de quelques nationaux qu'elle prétend avoir dans les parages, venait d'envoyer une canonnière, la *Panther*, devant Agadir. Quelques jours plus tard, la *Panther*, qui compte à peine une centaine d'hommes d'équipage, est remplacée par le croiseur *Berlin*, un navire de trois cent cinquante tonnes avec trois cents marins. Ce brutal coup de théâtre rend plus complexe encore une situation déjà difficile. Jules Cambon, notre ambassadeur à Berlin, rejoint son poste et s'entretient avec le ministre des Affaires étrangères allemand, Kiderlen-Waechter. Rien ne filtre de ces mystérieuses « conversations de Berlin » qui captivaient l'opinion. En fait, il est très vite clair que l'Allemagne se désintéresse de toute acquisition territoriale au Maroc. Mais elle lorgne sur l'une de nos plus belles colonies françaises, le Congo, en guise de compensation du protectorat que la France installe progressivement au Maroc.

Début août, après une pénible campagne de trois mois, nos troupes marocaines ont pu prendre quelques semaines de repos, au moment où la chaleur intolérable de l'été africain rend toute action difficile. Mais le Maroc reste au centre des préoccupations du gouvernement Caillaux et du pays tout entier. La France, qui n'a pas pansé la plaie causée par l'occupation allemande en Alsace-Lorraine, supporte de plus en plus difficilement la morgue de Berlin. A peine les négociations viennent-elles d'être provisoirement interrompues par les vacances qu'éclate l'affaire du vol de *la Joconde*. La nouvelle monopolise aussitôt l'attention de l'opinion, en France comme à l'étranger. A qui donc le crime profite-t-il ? se demande-t-on dans les chaumières...

L'enquête à Bordeaux n'a pas permis d'identifier le personnage mythique désormais désigné sous le nom de « l'inconnu de la gare d'Orsay », et les investigations à bord des différents paquebots en partance se sont soldées par un échec, comme on pouvait s'y attendre vu l'avance qu'a prise le voleur sur les enquêteurs. Soudain, on apprend l'arrestation en Gironde de deux suspects d'origine allemande dans l'après-midi du 25 août. A vrai dire, ces deux adolescents dépenaillés ont été arrêtés une première fois dans la matinée par la police locale pour vagabondage : ils affirmaient venir à pied de Paris. Mais les pandores les ont presque immédiatement relâchés. Dans l'après-midi, des inspecteurs de la Sûreté générale les retrouvent à Montlieu. Nouvelle arrestation[12]. Dans le climat actuel des relations franco-allemandes, ces créatures d'apparence louche sont des suspects de premier ordre, peut-être bien des émissaires du gouvernement impérial venus troubler l'ordre public. Tous leurs papiers sont évidemment en allemand, ce qui avait découragé le commissaire de Barbezieux lors de leur première arrestation. L'un, Eberhardt, assez distingué, parle un peu français. Il se dit étudiant en droit et sciences morales et politiques. L'autre, Koster, est tailleur. Ils ont laissé une malle en consigne dans une gare. Ils voyagent pour s'instruire ; ils ont déjà vu l'Italie, Londres. Bien qu'ils prétendent avoir fait le trajet à pied depuis Paris et malgré le soleil qui a si rudement brillé ces derniers temps, leur teint n'est nullement bronzé. Du reste, ils ne peuvent indiquer le nom des étapes qu'ils ont faites.

Eberhardt, vêtu d'un complet bleu marine, porte un sautoir de dame en argent autour du cou et une petite montre de dame qui, dit-il, appartient à sa sœur. Sa fortune s'élève à un louis de vingt francs. Koster possède quant à lui une montre en argent d'une certaine valeur, un billet de banque de dix marks et cent ou cent cinquante feuillets de grand format couverts d'écritures en allemand. Il déclare que c'est de la poésie et qu'il en est l'auteur. Sa moustache repousse depuis peu de temps.

Mais où est cette fameuse malle ? Et quelle est la véritable teneur de ce long texte manuscrit qui a plongé le commissaire de Barbezieux — dont l'aptitude à déchiffrer l'allemand a beaucoup décliné depuis le lycée — dans une grande perplexité ? Le parquet de Jonzac, saisi d'une commission rogatoire, va interroger les deux individus et s'occuper d'établir et de vérifier leur emploi du temps depuis dimanche. En attendant, ils sont maintenus en état d'arrestation sous le délit d'infraction à la loi sur le séjour des étrangers, par défaut de déclaration de résidence. Une loi bien commode, qui permet de les garder « au frais », en attendant des preuves qu'on espère accablantes. La personnalité obscure de ces deux énergumènes faméliques, voire exaltés, qui semblent tout droit sortis d'une gravure romantique, vaut bien qu'on s'y arrête.

Mais les Allemands ne sont pas les seuls ressortissants étrangers sur lesquels se portent les soupçons de la police. A Bordeaux même, on signale deux Anglais arrivés de Paris le 23 août et descendus dans un hôtel de la ville. Ils portaient un paquet plat correspondant approximativement aux dimensions de *la Joconde*, enveloppé de papier d'emballage jaune et ficelé. Ils ont demandé au gérant de l'hôtel la liste des antiquaires de Bordeaux puis sont partis pour l'Espagne[13]. Les pistes se multiplient, et les dénonciations, anonymes ou non, commencent à pleuvoir sur la police. Tous les porteurs de paquets plats enveloppés vus dans la semaine du 21 deviennent suspects et les imaginations vont bon train. On signale le passage du voleur de *la Joconde* à Saint-Nazaire. On l'a vu au Havre. A Dunkerque, le 26, un homme d'une quarantaine d'années se présente chez un coiffeur pour se faire raser. Il porte avec lui un grand carton plat qu'il ne quitte pas de l'œil. Pendant que le figaro local lui passe le rasoir, l'homme laisse tomber une carte de circulation de chemin de fer. Le coiffeur remarque que sur la photographie, son client porte une forte barbe et la moustache. Une barbe récemment rasée, un grand carton sous le bras ? L'affaire est dans le sac. Discrètement alertés, d'autres clients suivent l'inconnu qui, pour finir, les somme de s'expliquer. Il montre alors ses papiers et déclare qu'il est voyageur de commerce en brosserie. Le carton qu'il porte, ouvert par ses soins, contient non pas *la Joconde* mais des échantillons. Ce voyageur a fait couper sa barbe à cause de la chaleur...

Amputé du plus beau fleuron de ses collections, la France tout entière devient soupçonneuse. Un journaliste, dans une lettre anonyme à la police, n'hésite pas à mettre en cause un de ses confrères, Roland Dorgelès, reporter à *Paris-Journal* : « Dorgelès est coutumier de ce genre de plaisanteries. C'est lui qui il y a quelque temps mystifia la Préfecture de Police en lui signalant la réunion dans un café de Paris d'un grand nombre de royalistes portant un œillet blanc à la boutonnière. C'est lui qui un jour, avec l'assentiment de Rochefort, déroba une stèle au Louvre puis la rapporta à M. Homolle qui refusa de la reconnaître. Mais cette fois, la farce ayant pris des proportions auxquelles il ne s'attendait pas, Dorgelès hésite à faire revenir *la Joconde*[14]. »

Le zèle des apprentis détectives est stimulé par les nombreuses primes promises à qui permettra de retrouver *la Joconde*. La Société des Amis du Louvre promet 25 000 francs. Un amateur qui désire rester anonyme met à la disposition des Beaux-Arts une somme équivalente. *Paris-Journal* offre généreusement 50 000 francs, somme considérable. *L'Illustration*, la première, a promis une prime à qui fournira des indications permettant de retrouver le tableau. Dans son édition du 26 août, on pouvait lire ces lignes : « La perte de *la Joconde* est un deuil national. Comme il est à peu près certain que celui qui a commis le rapt n'en pourra tirer aucun avantage, on doit redouter qu'effrayé de l'émotion soulevée par son forfait, et dans la crainte d'être découvert, il ne détruise le frêle panneau de bois. » Aussi le célèbre hebdomadaire offre-t-il dix mille francs à la personne dont les indications permettraient de retrouver le détenteur du tableau ou l'endroit où il est recelé, et quarante mille à qui rapportera *la Joconde* à *l'Illustration*.

Dès la parution de l'annonce, un volumineux courrier commence à s'acheminer vers les bureaux du journal rue Saint-Georges. René Baschet, directeur de *l'Illustration*, a placé sur sa table une photographie du tableau aux dimensions exactes de l'original : « Qu'on ne s'avise pas de me présenter une copie de l'œuvre », prévient-il en désignant cette fidèle reproduction. Il se fait fort de ne pas être trompé.

Parmi les lettres reçues, beaucoup renferment des conseils ou des impressions, et bien peu les éléments concrets qui pourraient permettre de retrouver la piste du tableau. La plupart des gens semblent persuadés que l'œuvre est cachée au Louvre, derrière un autre tableau. Baschet n'est pas seul à recevoir des lettres. L'administration des Beaux-Arts est elle aussi la cible d'une volumineuse correspondance[15]. Illuminés, profiteurs à la petite semaine, naïfs et grincheux, mères de famille, militaires en retraite, chacun prend la plume. Un particulier se plaint de ce que les gardiens, « pourtant bien payés », s'occupent de vendre des bibelots et cartes postales à l'entrée du musée au lieu de surveiller les salles, et il s'insurge contre cette volonté de « ramasser des gros sous ». Un ancien du 3e bataillon d'Afrique, M. Francisque Bouchote, dit « l'Avocat », propose ses services au Louvre moyennant quarante francs par jour et le remboursement des frais du voyage Nice-Paris. « Je suis aussi bien connu dans le monde que dans les bouges », affirme ce vétéran qui, par ailleurs, connaît « toutes les équipes internationales ». Une « admiratrice des chefs-d'œuvre » âgée de cinquante-neuf ans fait elle aussi des offres de service. M. Ménard, graveur à l'administration des Monnaies et Médailles, propose un système d'alarme électrique pour la sauvegarde des tableaux. Un Montpelliérain, « hypnotiseur à ses heures », annonce qu'un de ses patients, endormi, lui a fait des révélations sur le vol sans avoir jamais mis les pieds au Louvre. Une autre lettre porte les soupçons sur une copiste de *la Joconde* ayant travaillé entre 1909 et 1910. Elle est signée : « un vieux de la vieille qui ne peut rien dire de plus ». Il y a encore cette « ménagère en repos » qui suggère la ruse : il faut relâcher la prudence du voleur en faisant paraître un article comme « *La Joconde* est retrouvée ! » (elle a glissé dans l'enveloppe un article de son cru). Une mise en garde contre le sieur Grappe, escroc qui ne « mérite absolument aucune confiance » détenu à la maison d'arrêt de Riom, est suivie de lettres dudit Grappe où celui-ci prétend être le voleur et propose de rendre le tableau sans condition. Marguerite Régnac réclame une « aide-récompense » (elle entre à l'hôpital) pour les indications qu'elle a déjà fournies sur le vol. Une certaine Rosa sait que le tableau se trouve en Amérique, à Saint Louis. Une autre lettre le signale à Londres. Le général Courtès, commandeur de la Légion d'honneur, fait savoir qu'il possède une « réplique authentique » de *la Joconde* et la tient à la disposition du musée.

Le petit monde des voyantes et des chiromanciens, ému par le rapt du tableau, propose lui aussi sa version des faits. « Il y a deux hommes dans l'affaire », affirme Mme Filine, « un homme blond et un autre homme portant costume d'administration ou militaire. Cependant il y aura trahison, car il y a ennemi puissant ». Pour Mlle Berthe, 143, avenue Victor-Hugo, il n'y a pas de doute : « Il faut chercher en Allemagne et on trouvera. » Quant à Mlle Symiane, elle voit l'infâme ravisseur en Wurtembergeois à lunettes avec un bouc, qui touche et retouche la toile dans une mansarde sordide. A ses côtés se tient un autre Allemand d'âge mûr. Si on la laisse palper un des pitons restés au mur, elle aura tôt fait de livrer le nom du ravisseur. Mais l'administration du musée semble faire la sourde oreille.

Vendredi, sur le coup de midi, de curieux attroupements se forment sur les boulevards. Les passants, saisis par une soudaine agitation, laissent éclater leur joie ou leur incrédulité. Des camelots courent par les rues en brandissant des paquets de journaux aux cris de : « *La Joconde* est retrouvée... arrestations... Demandez les détails... » Cette ingénieuse propagande semble être supportée avec bienveillance par la police, qui se refuse à intervenir. Elle est d'ailleurs de courte durée. La nouvelle de l'arrestation des deux Allemands de Barbezieux n'apporte encore aucun élément concret à l'enquête, et le tableau reste pour le moment introuvable. Introuvable, mais pas muet puisque ce vendredi 27 *L'Autorité* publie une « lettre ouverte de *la Joconde* à M. Dujardin-Beaumetz ». Elle est partie pour une foule de raisons. D'abord, il fait trop chaud : « Tous nos directeurs de musées sont aux champs, et il faut n'avoir pas cent sous dans son tiroir par le temps qu'il fait pour ne point s'offrir les bains de mer ou l'air pur de la montagne. » Et puis elle ne voulait plus « être tripotée toute la journée par M. Braun, le photographe » ... Au Louvre, les interprètes et les guides se lamentent sur leur propre sort, la fermeture du musée les privant de leur gagne-pain. D'autres en revanche en profitent pour faire de bonnes affaires en vendant des cartes postales de *la Joconde* aux abords du musée. On s'arrache le divin sourire, ou du moins ses reproductions en héliogravure, ou pis : ses caricatures.

Car depuis qu'elle a quitté son Louvre, cette « funeste beauté » n'est plus seulement l'objet d'un discours béatement admiratif. Telle une honnête mère de famille qui brusquement abandonnerait le domicile conjugal pour fuir avec un vaurien, Mona Lisa devient la cible des quolibets. On ricane, on l'interpelle, on ne la respecte plus. Est-ce l'usure des reproductions successives, son divin sourire se fait rictus dans les illustrations tramées des journaux. C'est toujours la même belle femme, mais elle a en quelque sorte perdu sa virginité picturale pour devenir une racoleuse professionnelle. Elle est partout, sur tous les trottoirs, dans toutes les devantures. Elle finit par agacer. Alors l'inévitable se produit : on ose porter la main sur elle. De mauvais plaisants tripotent ses mains de déesse, jadis délicieusement posées l'une sur l'autre. *La Joconde* est maintenant représentée faisant un pied-de-nez, ou envoyant des baisers comme une villageoise à la gare, faisant ses adieux à un amoureux dont le train s'ébranle.

Non, non, ce n'est plus toi
Non, non, ce n'est plus ton visage

peut-elle maintenant chanter, sur l'Air des bijoux de *Faust*. Et on ne se prive pas de faire des chansons sur son compte. Après l'enlèvement, voici l'ère des profanations.

Dans les rues, des gamins vendent pour quelques sous une chanson intitulée « *La Joconde* en ballade », qui se chante sur un air connu :

Elle avait chipé *la Joconde*
Pour la présenter au Salon
Ça c'est d'l'aplomb
S'disant en elle'même :
Faudra bien tout d'même
Que j'obtienne au moins une mention.
Mais son rêve de gloire
Ne s'ra qu'illusoire
Car le jury voilà
Le jury la r'fus'ra[16].

Au Louvre, les orangers en caisse qui bordent l'allée conduisant à l'arc de triomphe du Carrousel chauffent dans la poussière de l'été. Des petits garçons habillés en filles et des petites filles coiffées d'immenses chapeaux de paille en forme de couvercles piaillent et jouent sous le regard d'une mère ou d'une bonne qui traîne avec elle son pliant. De temps à autre, les inspecteurs de M. Hamard, qui poursuivent les fouilles dans le musée, s'accordent une pause et vont prendre l'air dans les jardins. Leur mine contrite et désabusée en dit long : rien, on n'a toujours rien trouvé.

L'auberge du tohu-bohu

Pétaudière où personne ne peut commander et où nul ne veut obéir, « auberge du tohu-bohu », où les politiciens exercent un favoritisme sans vergogne, le Louvre est depuis le vol de *la Joconde* sous les feux de la rampe. Le spectacle est peu ragoûtant. L'administration des Beaux-Arts et le Louvre en particulier sont infestés de nombreux intrus, dont la compétence en matière artistique est souvent limitée : ce sont les « attachés des musées nationaux », précédemment attachés de cabinet et qui ont préféré à la splendeur éphémère de cette dignité ministérielle un titre plus solide et durable. Lorsqu'un gouvernement tombe, on les voit s'abattre telle une nuée de sauterelles sur les Beaux-Arts. On murmure par ailleurs que, parmi le petit personnel des musées, beaucoup d'employés n'ont d'autre qualification que d'être originaire de Limoux, c'est-à-dire de compter parmi les électeurs de l'honorable Dujardin-Beaumetz. Le vol de *la Joconde* agit comme un puissant révélateur. L'opinion découvre, stupéfaite, que sous ses lambris précieux, derrière ses innombrables chefs-d'œuvre, le Louvre est atteint d'une terrible gangrène qui le ronge, sournoisement, depuis des années. Palpé, inspecté, scruté par la police et par les fonctionnaires chargés de l'enquête administrative, le Louvre étale ses plaies au grand jour. Les inspecteurs sont frappés par la saleté du musée, et le préfet Lépine a lui-même noté des accumulations de poussière et de vieux papiers de nature à favoriser les risques d'incendie.

Immédiatement, les regards réprobateurs se tournent vers les gardiens. Plus tard, on demandera à leurs chefs la raison d'un tel laisser-aller. Deux constatations s'imposent : tout d'abord, les gardiens sont en nombre insuffisant ; ensuite, ils sont mal préparés à la tâche qui leur incombe. « Que dire de la garde qui veille aux barrières du Louvre ? » questionne Apollinaire dans *L'Intransigeant*[17] : « Il n'y a même pas un gardien par salle ; les petits tableaux des salles hollandaises qui courent autour de la galerie des Rubens sont, à la lettre, abandonnés aux voleurs. Les tableaux, même les plus petits, ne sont pas, comme dans la plupart des musées étrangers, cadenassés à la muraille. Il est certain, d'autre part, que jamais les gardiens n'ont fait la répétition générale des opérations de sauvetage à effectuer si le feu éclatait. C'est le laisser-aller, l'indifférence, l'incurie... Le Louvre est plus mal gardé qu'un musée espagnol. » Qui n'a présente à l'esprit la vision cocasse de l'homme au bicorne, affalé sur une banquette de velours cramoisi et qui dort à poings fermés, faisant retentir de ses ronflements les salles désertes de nos musées nationaux ? A cela, *Paris-Journal* propose un remède ; il suffit d'afficher dans tous les musées de l'État cette pancarte :

Dans l'intérêt de l'Art
Pour la sauvegarde des objets exposés
LE PUBLIC
est prié de bien vouloir
RÉVEILLER LES GARDIENS
qui s'abandonnent au sommeil[18].

A côté de ces gardiens négligents, il y a aussi de braves gens, qui font consciencieusement leur métier. Mais il y a encore des gardiens peu scrupuleux, des brebis galeuses qui détournent parfois à leur usage les chefs-d'œuvre dont ils ont la garde. Des histoires circulent sur tel meuble Boulle de la galerie d'Apollon, dont les vantaux incrustés de cuivre et d'écaille cachaient un « litron » auquel le gardien de la salle venait de temps à autre demander un petit coup à boire. Et on pouvait le voir, à peine caché dans l'embrasure dorée d'une fenêtre, la tête rejetée en arrière, levant le coude à deux pas de la vitrine du Régent et des diamants de la Couronne. Au Louvre encore, il y a dans une des salles une magnifique commode Régence en marqueterie où ces messieurs rangent leurs blouses, ouvrant et fermant plusieurs fois par jour les précieux tiroirs dont le placage se soulève. Et ils n'ont pas toujours la main légère, ces gardiens ! Mais on ne peut pas trop leur en vouloir. Car depuis la loi de 1905 sur le recrutement des armées, c'est le ministre de la Guerre qui désigne les gardiens du Louvre. On ne peut pas demander à des hommes habitués à manier le fusil et le sabre d'effleurer avec des doigts de fée les bronzes du XVIIIe siècle. « On envoie aux Beaux-Arts, qui n'ont qu'à les accepter, des hommes trop petits, des hommes malades, des alcooliques parfois, presque tous des coloniaux, qui n'ont aucune idée du service nouveau dans lequel ils entrent », écrit *le Temps*, journal réputé pour sa modération. Tous, sans exception, sont d'anciens soldats, torpilleurs brevetés, fusiliers, mécaniciens de la flotte, caporaux, sergents[19]. Pendant le service de nuit, certains, dit-on, « sautent le mur » comme de vulgaires troupiers en bordée, sans qu'on ose rien leur dire. Tout récemment encore, on a trouvé dans le Louvre des trousseaux de clefs et des passe-partout égarés par des gardiens responsables. Il apparaît maintenant clairement que l'administration des musées a peu de prise sur le corps des gardiens. Dans un rapport adressé au ministre de l'Instruction publique, Homolle écrit : « Je ne puis m'empêcher de vous signaler un fléchissement dans le commandement et la discipline (...). Des ordres formels, prescrivant une garde spéciale d'œuvres capitales (la *Vénus de Milo, la Joconde, l'Embarquement pour Cythère*) ont été fréquemment transgressés[20]. » Il se plaint aussi de l'abus de permissions de courte durée accordées par les gardiens chefs trop complaisants, et des innombrables abandons de poste sous prétexte, notamment, « d'aller prendre une douche ». Le directeur des musées nationaux déplore aussi chez certains d'entre eux « comme une affectation d'ignorer ou de ne pas voir les fonctionnaires du musée à qui ils doivent le salut ». Enfin, leur tenue « révèle généralement la plus grande négligence ». On en vient à se demander comment les conservateurs, qui comptent dans leurs rangs beaucoup d'hommes éminents appréciés pour leurs savants travaux, ont pu continuer à travailler dans de telles conditions. Et pourquoi faut-il que cette situation mettant en péril la bonne conservation des œuvres ne soit révélée qu'aujourd'hui au moment de la disparition de *la Joconde* ? On aime donc mieux vivoter tant bien que mal au milieu de cette « pétaudière » plutôt que de partir en claquant la porte. Homolle ne rappelle-t-il pas ce chef de gare qui, témoin impuissant des faits et gestes de son personnel, « attendait l'accident » ? Aujourd'hui, c'est chose faite, le train a déraillé. Les négligences seront punies. Et le chef de gare n'est pas à l'abri des sanctions.

Les inspecteurs de la Sûreté parisienne que dirige Octave Hamard interrogent un à un tout le personnel du Louvre, y compris les ouvriers qui, appartenant à des entreprises privées, ont eu l'occasion de travailler dans le musée[21]. Le lundi, jour du vol, seuls dix gardiens étaient en poste au Louvre, chiffre jugé jusque-là suffisant à assurer la sécurité du musée pendant la fermeture au public. Joseph Fehrenbacher, sous-chef responsable du service ce lundi 21 août, déclare : « Je suis absolument certain qu'à mon passage dans le Salon Carré, à 7 h 40 environ, *la Joconde* était encore là. » Mais lorsqu'il est revenu à 10 h 05 dans cette salle où travaillait alors Coles, il n'a rien pu voir « étant donné que le photographe avait placé devant tout le panneau un voile noir ». Le gardien David a pris son service à 7 heures du matin : « Je me suis rendu dans le Salon Carré où se trouve mon cabinet vestiaire juste en face de l'emplacement de *la Joconde*. » Il n'a rien noté d'anormal. Puis, avec d'autres gardiens, il s'est livré à divers travaux de manutention, suivant les ordres de Fehrenbacher : ils ont décroché des tableaux dans la Grande Galerie. Il n'a donc pas assuré la garde du Salon Carré de 7 à 9 heures, contrairement à ce que prévoyait le tableau de service. Il poursuit : « A 8 h 50 je suis allé me nettoyer au lavabo qui se trouve dans l'escalier des Sept-Mètres. » Là encore, il n'a rien remarqué d'anormal. Le gardien Perrault déclare : « Vers 8 h 50 je suis allé dans l'escalier des Sept-Mètres chercher de l'eau mais je n'ai pas remarqué la présence du cadre. » Le gardien Monginet est allé au cabinet d'aisance qui se trouve dans l'escalier des Sept-Mètres à 5 heures du matin. Il n'a rien remarqué. Tous sans exception, les gardiens qui étaient en faction le lundi 21 août, questionnés sur *la Joconde*, affirment *ne pas avoir prêté attention aux tableaux.*

Le mardi, le gardien Damidot, responsable des chevalets dans la Grande Galerie, a pris son service à 9 heures, le peintre Béroud l'ayant averti de son intention de faire une copie de *la Joconde* : « Je me suis rendu au Salon Carré où j'ai constaté sa disparition. Je me suis immédiatement inquiété auprès du brigadier Paupardin qui m'a dit s'en être aperçu à 7 heures. Je me suis rendu à la photographie et dans les bureaux pour m'assurer si elle y était ; étonné qu'on ne la retrouvât pas, j'ai informé M. Galbrun qui a fait les démarches nécessaires. » Le brigadier Maximilien Alphonse Paupardin confirme les faits, avec cependant un décalage d'une demi-heure : « Le mardi j'ai repris mon service à 7 heures du matin et environ une demi-heure plus tard, me trouvant au Salon Carré, j'ai constaté la disparition de *la Joconde.* » Tous les gardiens qui se trouvaient en congé le lundi sont questionnés sur leur emploi du temps le jour du vol. Ce jour-là, le gardien Prodomme a fait une promenade à bicyclette ; le gardien Dissoubray, après avoir pris un bain à l'hôpital Laennec, a déjeuné chez lui 121, rue Blomet, puis a passé l'après-midi avec sa fille à se promener sur les fortifications ; le gardien Dixmeras, qui est aussi, comme la plupart de ses collègues du Louvre, concierge de son immeuble, est resté à son domicile rue Boileau toute la journée du 21, sa femme étant à Berck-Plage ; le gardien Dumas est lui aussi resté chez lui, à Versailles, où il a fait des copies pour les contributions indirectes ; le gardien Jamet soignait sa femme, qui vient de mourir... Pour la plupart, ils n'ont pas balayé l'escalier des Sept-Mètres depuis des mois, voire des années. A l'exception de Péteilh qui déclare : « J'ai balayé l'escalier des Sept-Mètres le 4 ou 5 août de 1 heure à 2 heures de l'après-midi. J'ai d'abord jeté de la sciure de haut en bas de cet escalier et je l'ai balayé consciencieusement. J'ai même nettoyé les marches en pierre de la Cour du Sphinx. Après ce travail il ne devait rester aucun papier dans l'escalier. » Cette déposition semble confirmer que c'est bien à cet endroit que le voleur a désencadré le panneau, laissant sur le sol au cours de cette opération des débris de papier.

Le gardien chef Gitenet, appelé au téléphone, n'a encore fait aucune réponse à la police. Les dépositions de ses subalternes font apparaître une faute grave : ce lundi, malgré l'effectif réduit, la brigade était en grande partie affectée au nettoyage des salles ou à la manutention des tableaux, laissant vacants les postes de surveillance. La police constate également avec surprise que la clef de la porte de la Salle des Sept-Mètres donnant sur le petit escalier où le cadre a été retrouvé se trouve placée en permanence dans une boîte accrochée à la cimaise. N'importe qui peut prendre à tout moment cette clef et emprunter l'escalier conduisant à la Cour du Sphinx. Quant à la Porte Visconti qui donne sur le quai du Louvre, elle est restée ouverte à deux battants pendant une demi-heure environ le matin du vol, le temps que Robert, le portier, nettoie la voûte, les battants et le trottoir... Ce jour-là il s'apprêtait à partir en congé, et a passé peu après son service à Darcourt. Les inspecteurs de la Sûreté ont retrouvé sur la porte un taquet de cuir très usagé indiquant l'habitude qu'on avait de la laisser entrebâillée.

Une clef placée dans une boîte à la portée du premier venu, une porte cochère constamment entrebâillée, des gardiens qui avouent avec une désarmante sincérité ne pas faire attention aux tableaux et abandonnent leur poste au mépris de tout règlement, une hiérarchie qui n'est pas obéie : dès les premiers jours de l'enquête, le musée du Louvre apparaît comme le paradis des voleurs. Il est même étonnant qu'on se soit contenté d'emporter *la Joconde*. Le voleur se cache-t-il parmi les gardiens ? A-t-il bénéficié de complicités à l'intérieur du musée ? En tout cas, il était parfaitement au fait des habitudes du petit personnel.

Réuni au château de Rambouillet le jeudi 31 août, le Conseil des ministres décide enfin de se préoccuper de la grave question du Louvre. Depuis longtemps, l'opinion réclame une réorganisation du musée. Grâce à *la Joconde*, satisfaction va lui être donnée. Le sous-secrétaire d'État aux Beaux-Arts a entretenu le Conseil des premiers résultats de l'enquête administrative ouverte après le vol. Sous réserve des fautes particulières que pourra mettre en lumière l'instruction du juge Drioux, l'enquête fait dès à présent état de graves négligences dans l'application des règlements. Le Conseil des ministres décide donc de mettre en disponibilité le directeur des musées nationaux, Théophile Homolle. Le gardien chef Gitenet, coupable d'une négligence continue, sera lui aussi remplacé. En outre, un certain nombre de gardiens seront déférés devant un conseil de discipline. La foudre s'abat sur le musée du Louvre. En remplacement de Homolle, on nomme provisoirement à la tête des musées nationaux un certain Pujalet, inspecteur général des services administratifs au ministère de l'Intérieur. Grand, mince, élégant, la physionomie souriante et jeune, la poignée de main cordiale, Pujalet semble quand il passe sur le boulevard quelque très jeune lieutenant-colonel en permission. C'est un homme habitué à gérer et à contrôler. Il est spécialement chargé d'examiner la situation administrative et l'organisation du Louvre, notamment en matière de sécurité et de discipline. Par ailleurs, un décret signé par le président Fallières établit le contrôle de l'Inspection générale des finances sur les musées nationaux. Pour n'être pas susceptibles d'une estimation chiffrée dans les comptes du Trésor, les œuvres d'art n'en constituent pas moins un élément important de la richesse et de la gloire nationales. Il a donc semblé tout naturel de les placer sous le contrôle des inspecteurs des Finances.

Durement frappé, Homolle va donc pouvoir retourner à ses chères études. Parmi ses collègues de l'Institut et dans les milieux savants, où l'éminent archéologue à qui l'on doit les fouilles de Délos et de Delphes jouit d'une réputation méritée, des voix s'élèvent contre cette mesure. Certains ne craignent pas d'affirmer que Dujardin-Beaumetz aurait dû démissionner au lieu de « lâcher » aussi cyniquement son directeur des musées. Mais d'autres insinuent que l'helléniste ne se trouvait au Louvre « que pour poursuivre plus aisément, avec des documents plus proches, ses travaux personnels ». Dans une interview à *Comoedia* le 2 septembre, Homolle rapporte le discours que Pujalet lui a tenu : « Je cherche à obtenir pour le Louvre tout ce que vous aviez demandé vous-même. » La pilule est amère pour l'ancien directeur qui se sent injustement frappé. Et cette petite phrase n'est pas du goût de Dujardin-Beaumetz qui somme Pujalet de s'expliquer...

Parmi les nouvelles mesures destinées à assurer la protection des œuvres du Louvre, on décide de dresser des chiens qui accompagneront les gardiens dans leur ronde de nuit, ceci afin de « découvrir les individus qui se seraient cachés derrière les portes ». Pujalet se rend lui-même au Club des chiens de police de Charenton où il choisit un grœnendael et un malinois. Outre ce renfort canin, le petit personnel du musée est augmenté en nombre. Par ailleurs, le vestiaire est désormais obligatoire pour les objets portés à la main tels que cannes et parapluies. Dans les salles du musée, on ne verra donc plus ces professeurs de l'École du Louvre qui, usant de leur pépin comme de la règle du maître, et des peintures de maîtres comme d'un vulgaire tableau noir, dévoilaient à leurs disciples ébahis les mystères de la création artistique. Une discipline de caserne menace maintenant le musée. Le capitaine Roques, chapeau melon et moustache pointue impeccablement cirée, devient chef des employés subalternes du Louvre. Derrière les façades du vieux palais, l'ordre va-t-il enfin régner ? Commentant les sanctions prises en Conseil des ministres, *l'Humanité* ironise : « M. Homolle quitte le Louvre mais M. Dujardin-Beaumetz nous reste ! » Quant au décret, si tard venu, c'est, dit le quotidien de Jaurès, « de la moutarde après dîner[22] ».

Elle court toujours

La Joconde court toujours, et faute de faits nouveaux des bruits circulent. On dit que l'inspecteur Hamard, chef de la Sûreté parisienne, professe le plus grand dédain pour le service de l'anthropométrie. On dit même qu'il n'a jamais mis les pieds dans les locaux de l'identité judiciaire que dirige Bertillon. On dit aussi, mais ce n'est pas nouveau, que juges et policiers ne font pas toujours bon ménage, que les agents en uniforme regardent d'un mauvais œil les agents habillés « en bourgeois ». On dit encore que la Sûreté parisienne du préfet Lépine n'entretient pas les rapports les plus cordiaux avec la Sûreté générale de la rue des Saussaies, placée sous l'autorité du ministre de l'Intérieur. Au Louvre, on dit que les enquêteurs de la police font peu de cas de l'avis des conservateurs, qu'ils les tiennent même dans le plus vif dédain et qu'ils les rabrouent dès que ceux-ci se croient autorisés à faire connaître leur opinion ou à émettre un avis. A la Sûreté, on murmure que les inspecteurs doivent faire porter leurs enquêtes sur des points très précis dont il est interdit de s'écarter. On dit encore que leurs supérieurs, raides et distants, ne les encouragent pas à donner des explications verbales qui donneraient vie à leurs rapports. On dit qu'on va retrouver *la Joconde*, mais, après une semaine d'investigation, on n'est pas plus avancé qu'au premier jour. Il a fallu relâcher les deux Allemands de Barbezieux, dont on s'était un peu trop vite emparé. Quant à « l'inconnu de la gare d'Orsay », il court toujours. Le juge Drioux abandonne maintenant le palais du Louvre pour regagner ses pénates au Palais de Justice. Il accepte d'entrouvrir pour un journaliste du *Temps* le maigre dossier de son instruction :

« D'abord, je crois pouvoir écarter de façon certaine la complicité des maçons, des peintres, des photographes, des copistes. En ce qui concerne ces derniers, il est prouvé qu'ils ne sont arrivés au Louvre qu'après l'enlèvement du tableau. Et, notamment, les opérateurs de la maison Braun ont été employés, toute la matinée, avec MM. Bénédite et Boreux, dans la salle des Antiquités égyptiennes. J'ai d'ailleurs vérifié minutieusement l'emploi du temps de toutes ces personnes.

« Y a-t-il eu complicité pouvant venir de l'intérieur ? Je dois à la vérité de dire qu'il n'existe aucune contradiction sérieuse dans les dépositions du personnel. Que ce soit réalité ou qu'il y ait entente, jusqu'à plus ample informé je dois considérer les affirmations des gardiens comme sincères. Donc, sur la question de complicité venant de l'intérieur je ne sais rien. J'ai fait ou je fais surveiller l'emploi du temps du personnel de service dans la nuit du dimanche au lundi et de ceux qui étaient là ou devaient être là le lundi matin. C'est tout ce que je puis dire. »

Le voleur s'est-il fait enfermer dans le musée pendant la nuit du dimanche au lundi ?

« La constatation que j'ai faite ne laisse aucun doute sur la possibilité de la chose, mais sur la matérialité du fait, je n'ai rien trouvé qui pût me permettre de l'affirmer. »

Il poursuit :

« Étant donné les circonstances dans lesquelles j'ai été saisi de l'affaire, j'ai dû aller au plus pressé, ne pas disperser mes efforts de tous côtés, resserrer le cercle de mes investigations sur les circonstances dans lesquelles le vol a été commis. Aujourd'hui que j'ai des renseignements, je vais étendre de plus en plus le champ de nos opérations. Toutes les pistes, je vous l'ai dit, qui nous sont signalées sont ou vont être examinées par la Sûreté générale ou par la Sûreté de M. Hamard. Mais il est d'autres points sur lesquels nous allons être appelés à faire des recherches minutieuses. Tout cela sera long et difficile, il ne faut pas se le dissimuler. Il est un point que je puis vous signaler et dont nous allons nous occuper : on a parlé de lettres amoureuses adressées à *la Joconde*, on a dit, comme conséquence, que le vol aurait pu être commis par un sadique, un maniaque ou un extravagant. Bien que je croie que la passion aurait fait perdre au coupable la lucidité qu'il lui a fallu pour accomplir ce vol incxplicable, je vais néanmoins prescrire des recherches dans ce sens. Pour moi, d'ailleurs, le criminel a agi par esprit de lucre, soit pour son compte personnel — espérant revendre cher le produit de son vol —, soit pour le compte de quelqu'un qui l'a soudoyé et payé royalement. Quoi qu'il en soit, j'abandonne aujourd'hui l'affaire de *la Joconde* pour m'occuper des dossiers de mes autres affaires en cours. Je n'ai plus qu'à attendre le résultat des recherches auxquelles se livrent actuellement les inspecteurs de la Sûreté. J'espère le fait nouveau. »

Et, en guise de conclusion, il laisse tomber ces mots qui en disent long sur le travail d'enquête déjà accompli :

« Pour le moment, je n'ai pas de piste, je n'ai aucune piste sérieuse[23]. »

A New York, le 29 août, on a fouillé les bagages du *Kaiser Wilhelm II* sans trouver trace de *la Joconde*. Des perquisitions sont faites à bord d'autres navires. Un passager du *Kaiser Wilhelm II*, un artiste du nom de Freisinger, a été forcé de dérouler à plusieurs reprises les huit toiles qu'il transportait. Inutile précaution puisque le panneau de *la Joconde* est peu susceptible d'être roulé. Les équipes de détectives lui ont présenté des excuses...

Comme pour tirer le juge de la routine du Palais, un inconnu fait irruption dans l'affaire.

« Donnez-moi deux cent mille francs et promettez-moi l'impunité, et je vous livrerai le coupable. » C'est à peu près en ces termes que M. Armand Gueneschan, garçon de café de son état, s'adresse à un des secrétaires de l'inspecteur Hamard à la Sûreté[24]. Le teint pâle, l'œil sournois, un visage régulier calé par de grandes oreilles, le jeune homme semble un pur produit du macadam parisien. Il a quitté son régiment trois mois auparavant, réformé pour bronchite chronique. Il demeure dans le Sentier, 12, rue de Cléry. Ses déclarations se résument à ceci : *la Joconde* se trouve à Paris chez une personnalité du grand monde dont, par reconnaissance pour services rendus, il ne peut livrer le nom. Son possesseur, instigateur du vol, l'a enfermée dans une malle. Pris d'une crise de sadisme, il a tailladé le panneau de coups de couteau. Le détenteur du tableau, un personnage titré, fort riche et quelque peu monomane, était épris depuis longtemps de Mona Lisa. Le vol a été commis par un ami de ce mystérieux personnage qui reçoit chez lui des valets de chambre, des petits employés et des individus de toute sorte.

D'abord prise très au sérieux, cette piste semble vite suspecte au service de la Sûreté. Gravitant dans un milieu d'homosexuels, Gueneschan ne tente-t-il pas de se venger d'un ancien protecteur ? Rentré chez lui, il adresse à Hamard une lettre où il confirme ses déclarations, réclamant à nouveau deux cent mille francs pour restituer *la Joconde*. Éconduit par les inspecteurs de la Sûreté, le garçon de café va raconter son histoire à qui veut bien l'entendre, et se rend dans les bureaux du *Matin* où il réédite sa version des faits. Ces bavardages finissent par attirer l'attention du Parquet. Le juge Drioux donne mandat au service de la Sûreté de perquisitionner chez Armand Gueneschan. L'opération, qui a pour but de découvrir l'adresse de ce haut personnage aux mœurs douteuses qui détient le tableau, ne donne aucun résultat. Dans les couloirs du Palais où, très agité, il attend d'être interrogé par le juge d'instruction, Gueneschan s'adresse avec volubilité aux journalistes. Il va enfin réaliser son rêve : acheter une petite maison au bord de la Marne pour pêcher à la ligne. Questionné sur *la Joconde*, il répond :

« Vous comprenez bien que je veux prendre toutes mes dispositions avant de faire le dernier geste, celui qui réjouira tous les amateurs d'art... Moyennant la somme de deux cent mille francs, je révélerai l'endroit et le lieu où se trouve le chef-d'œuvre ; mais j'entends que ma liberté soit sauvegardée et qu'on me laisse tranquille. »

L'enquête à laquelle se livre aussitôt le sous-chef de la Sûreté permet d'établir que Gueneschan est un déséquilibré, un maniaque de la dénonciation qui, par le passé, a déjà tenté de faire des déclarations sensationnelles sur des crimes plus ou moins imaginaires. Ce témoignage extraordinaire conduit toutefois les inspecteurs de la Sûreté à faire une visite à l'hôtel particulier qu'habite, rue Cambon, le baron Basile de Schlichting, conseiller d'État en Russie et collectionneur hautement réputé : le baron a quitté Paris dès les premiers jours de juillet, c'est-à-dire bien avant le vol de *la Joconde*[25]. Le 20 juillet, il s'est rendu à Vichy en compagnie du baron de Craemer et d'un secrétaire particulier. Puis il est parti pour Genève le 12 août et poursuit actuellement son périple. M. le baron est un grand amateur, un homme raffiné. Ses appartements regorgent de meubles du XVIIIe siècle, de Rubens, de Tiepolo, de Boucher, de miniatures et d'objets précieux. Mais de là à voler *la Joconde* ! Après un court entretien avec une des personnes employées par M. de Schlichting, l'inspecteur se retire sans même demander à voir les salons de la rue Cambon. Quant au bruit qui disait que le baron avait donné l'ordre de déménager tout son mobilier sans avoir donné congé, il est inexact. Étant en fin de bail, il n'avait pas à donner congé, et s'apprêtait tout naturellement à s'en aller loger ailleurs.

A sa mort en 1914, celui qu'une petite gouape a failli compromettre dans l'affaire de *la Joconde* lèguera au musée du Louvre tous les trésors qu'il avait accumulés. Telle une étoile filante, la piste du collectionneur sadique se pulvérise après une brillante apparition.

L'enquête du juge Drioux piétine, la police tâtonne, tombe dans tous les panneaux — c'est aussi son rôle — que lui tendent mythomanes et délateurs, s'essouffle sur des pistes qui se révèlent dérisoires.

Une chose est sûre, le vol de *la Joconde* a appris aux Parisiens l'existence du Louvre. Depuis la réouverture du musée le 29, ils sont légion à le visiter. Après avoir traversé la galerie des sarcophages auxquels ils jettent à peine un œil, ils gravissent avidement le grand escalier de pierre, soudain pris de vertige dans cette immense salle voûtée. Arrivés au pied de la *Victoire de Samothrace*, ils enfilent à droite la Salle Duchatel dont ils ignorent les marbres et les plafonds peints. Les voici dans le Salon Carré. Ils constatent *son* absence, se renseignent au besoin auprès d'un gardien (ils sont maintenant nombreux dans les parages), se font montrer l'emplacement exact du tableau que, pour la plupart, ils n'ont jamais vu de leur vie ; puis ils repartent, heureux de savoir où *elle* se trouvait, et furieux d'avoir été ainsi dépossédés d'un chef-d'œuvre irremplaçable. Quant aux gardiens, même s'ils ne l'avouent pas toujours, ils ressentent tous au plus profond d'eux-mêmes cette humiliante amputation. Depuis qu'*elle* n'est plus là, rien n'est plus comme auparavant, et chacun se sent un peu responsable. Il en est de *la Joconde* comme de ces amis chers, dont on ignore la maladie, et qui meurent un beau jour avant qu'on ait pu leur dire les quelques mots qui, peut-être, les auraient arrachés à leur sort. Si on l'avait davantage pouponnée, Mona Lisa serait encore là à l'heure qu'il est. Le jeudi, jour du grand nettoyage, les frotteurs de parquet, engoncés dans leur costume de toile, frottent tête baissée, comme plongés dans leurs réflexions. Les gardiens se croisent silencieusement, osant à peine lever les yeux. Une inquiétude morne flotte dans le palais démesurément vaste. La cire qui d'habitude caresse les narines de son luxe bourgeois n'a jamais répandu une odeur aussi amère.

Un lundi, M. Pujalet, qui fait une tournée minutieuse des salles, jetant partout le coup d'œil du propriétaire, et s'assurant qu'il n'y a pas de papiers gras derrière les socles des statues, stationne longuement devant l'emplacement de *la Joconde*. Puis, s'adressant à deux gardiens qui s'étaient arrêtés de balayer, il demande : « Les clous sont solides, n'est-ce pas, il n'y a pas de crainte qu'on les enlève ? » Quelques instants plus tard, de retour dans le Salon Carré, il part d'un formidable éclat de rire. Montés chacun sur un escabeau, les deux bougres sont en train de consolider à grands coups de maillet de bois les pitons[26]. Bien proche est le temps où ils redouteront qu'on ne leur vole la poussière, cette suie qui obscurcit les fenêtres et dans laquelle des larmes de buée ont dessiné de grandes rigoles.

Dans les campagnes sinistrées par la sécheresse, on implore le ciel. Pour faire pleuvoir, de longues processions, curé en tête, sillonnent les champs comme d'énormes chenilles hérissées de bannières. Et pour retrouver *la Joconde*, on invoque son créateur. La Société des artistes italiens de Paris et son président, le duc Melzi d'Eril, organisent en effet un pèlerinage à Amboise, sur les lieux où vécut Léonard pendant son séjour en France. Parmi les participants, l'ambassadeur d'Italie, Mme Alphonse Daudet, Lucie Faure. Les Français ont l'obscur sentiment d'accomplir une démarche expiatoire : « Nous avions de toutes les œuvres du génial artiste la plus merveilleuse, celle qui donnait de son génie l'idée la plus haute et la plus complète. De ses mains défaillantes, il avait confié lui-même l'effigie sans pareille aux mains du roi de qui la bonté, le respect, l'admiration avaient presque effacé de sa mémoire les vicissitudes passées. Et nous nous sommes laissé ravir l'inestimable merveille ! Disparue — qui sait ? anéantie, peut-être à jamais ravie à l'admiration des hommes ; et ceux qui viendront après nous ne la connaîtront plus que par des mots, impuissants à traduire son charme[27]. »

Un bon déjeuner, quelques verres de vouvray et une excursion au Clos-Lucé, l'ancien château de Cloux dont Claude de France, femme de François Ier, avait fait don à Léonard à son arrivée en France en 1516... Ce pèlerinage en l'honneur « d'une des plus éclatantes lumières qui aient rayonné sur le monde » conjurera-t-il le sort jeté à *Mona Lisa* ?

Triple vol au musée du Louvre

Au Louvre, on a volé *la Joconde* et, après un temps d'hésitation, tout le monde, même les conservateurs du musée, a fini par s'en apercevoir. Mais on a aussi volé autre chose. Et cela, personne ne le sait. Ou plutôt, ne le savait. Car le voleur a tout avoué à *Paris-Journal* qui, dans son édition du mardi 29 août, consacre une pleine page à cette nouvelle « affaire ». La veille, la direction du journal a reçu une étrange missive, annonçant le vol dans une des salles du Louvre d'une statuette phénicienne que le voleur, bon prince, met à la disposition des journalistes moyennant une rançon. *Paris-Journal*, qui a promis cinquante mille francs à qui rapporterait *la Joconde*, ne pensait pas s'exposer ainsi à des restitutions intempestives d'objets qui, mis à part leur appartenance au musée du Louvre, ne présentent aucun rapport avec le chef-d'œuvre de Léonard. Cependant, comme l'information, quoique certainement fantaisiste, peut se révéler intéressante si elle est vérifiée, rendez-vous est aussitôt pris avec le voleur. Un des collaborateurs du journal va donc à sa rencontre. L'auteur de la lettre est un jeune homme de vingt à vingt-cinq ans, correctement mis, avec, dans son élégance, quelque chose de ce « chic américain » qui trahit dans cette physionomie de bon garçon l'individu sans scrupules. Il confirme au journaliste ce qu'il avance dans sa lettre. Et, pour preuve, il sort l'objet du délit. C'est ma foi une hideuse figure de femme coiffée d'un voile, aux grands yeux cernés et au nez de guingois, grossièrement taillée dans la pierre. Comment le Louvre pouvait-il abriter quelque chose d'aussi rudimentaire et disgracieux ? On flaire déjà le canular. Car la belle « Phénicienne » pèse près de sept kilos, et mesure vingt-huit centimètres de haut. Un colis qu'il n'est pas facile de sortir incognito d'un musée. Pourtant, le récit du voleur est assez convaincant :

« C'est en mars 1907, dit-il, que je pénétrai pour la première fois au Louvre, en badaud qu'une incapacité pécuniaire contraignait à des récréations gratuites. [...] Il était à peu près une heure. Je me trouvais dans le salon des Antiquités asiatiques, où un seul gardien s'immobilisait. J'allais gravir l'escalier de pierre qui conduit à l'étage, lorsque je remarquai à gauche une porte légèrement entrouverte. Je n'eus qu'à la pousser, et me trouvai dans une salle remplie d'hiéroglyphes et de statues de l'époque égyptienne, je crois, qui m'impressionnèrent vivement, en raison du silence profond et de l'absence de tout être humain. Je parcourus quelques salles contiguës, m'arrêtant parfois dans des coins pénombreux, caressant un col qui avait de l'ampleur, une joue bien saillante. C'est alors que je fus frappé, brusquement, de la facilité avec laquelle il me serait possible de cueillir telle ou telle statuette de proportions restreintes. J'avais un pardessus-sac, et ma maigreur naturelle permettait que je prisse subitement quelque embonpoint sans paraître aucunement anormal à des cerbères (?) qui n'ont jamais eu la moindre notion d'anatomie. Je me trouvais dans un petit cabinet, à peu près de 2 m par 2 m, dans la Salle des Antiquités phéniciennes. Comme j'étais absolument seul et n'entendais pas le moindre bruit, je pris le temps d'examiner une cinquantaine de têtes qui s'y trouvaient, et mon choix s'arrêta sur un galbe de femme, qui, je me le rappelle, avait des torsades de forme conique aux côtés. Je mis la statue sous le bras gauche, ramenai de la main gauche le col de mon pardessus-sac et sortis paisiblement en demandant mon chemin au gardien, immobile. La statue fut vendue à un peintre parisien de mes amis. Il me donna quelque argent, cinquante francs, je crois, que je perdis le soir dans une académie de billard.

— Qu'importe ! me dis-je. Reste toute la Phénicie. Le lendemain même, j'enlevai une tête d'homme, aux oreilles énormes, détail qui me séduisit. Et trois jours après, un fragment de plâtre, couvert d'hiéroglyphes, dont un ami m'offrit vingt francs. Puis, j'émigrai. Ayant gagné quelque argent au Mexique, je résolus de revenir en France et de me créer une collection choisie à peu de frais. Le 7 mai dernier, je me rendis à mon cabinet phénicien. [...] Je soulevai une tête de femme et m'efforçai de l'insérer dans mon abdomen. Mon complet était solide et ample à volonté, mais la statue plus grosse que ma constitution ne le permettait, et malgré un *raincoat* que je revêtis, il était évident que, en dépit de mon sexe, j'étais enceint de quelque chose. Je pris au moins vingt minutes à sortir. La statue vacillait considérablement de droite et de gauche et je redoutais qu'elle ne s'effondrât et ne se fracassât sur le parquet. Il n'en fut rien, mais mes vêtements restaient très éprouvés et je résolus de remettre la série d'enlèvements à quelques semaines, lorsque je serais pourvu d'un pantalon de cuir de cow-boy et de bretelles suspensives. »

Interrogé sur le vol de *la Joconde*, le forban est catégorique : il s'agit d'un travail de commande, c'est incontestable. Et d'ajouter : « Soyez certain : 1° que le voleur regrette d'avoir vendu, car il a vendu ; 2° qu'il ne connaît que de vue l'indicateur, ou l'intermédiaire, qui a payé sur ordres. On ne le retrouvera pas. »

Le scénario n'est hélas que trop plausible. Si plausible qu'on en vient à se demander si « notre voleur » n'est pas mêlé de près ou de loin à l'affaire. Voici donc la rédaction de *Paris-Journal* encombrée d'un buste de pierre mal dégrossi censé provenir du Louvre et du récit complaisant d'un blanc-bec qui cherche à se rendre intéressant. Après tout, tant pis ! L'histoire est suffisamment curieuse et documentée pour piquer la curiosité des lecteurs pendant un ou deux jours. Le récit est donc publié in extenso, avec les réserves mêmes du voleur qui affirme que, sans doute, l'administration du Louvre niera en bloc les faits. Or, il n'en est rien. Un reporter de *Paris-Journal* est reçu par Edmond Pottier, conservateur des Antiquités orientales et de la céramique antique[28]. Le journaliste, sans rien révéler du voleur ni du lieu de leur entrevue, le met au fait de cette curieuse histoire. Sa description correspond en effet à certaines sculptures du Louvre : « Je ne me rappelle pas avoir entendu parler d'un vol, dit Pottier, cependant, l'hypothèse n'en est pas impossible. Certaines salles renferment des milliers de pièces. On ne peut, d'un coup d'œil, voir si elles sont, ou non, au complet. Au reste, j'irai voir, si vous le voulez bien, le buste en question ; je considère même que c'est mon devoir. »

Cette scrupuleuse bienveillance ne peut que réjouir le rédacteur en chef du quotidien qui reçoit peu après la visite du conservateur. Mis en présence de l'objet, et après l'avoir longuement examiné, celui-ci se montre très affirmatif : « En effet, dit-il, cette pièce a été dérobée au Louvre. Quant au récit du vol, que vous me soumettez, je l'admets pour tout à fait vraisemblable, restriction faite pour quelques inexactitudes de détail. La salle dont votre voleur donne la description s'appelle non la salle Phénicienne, mais la Salle des Antiquités ibériques.

— Alors ? ...

— Alors, répond le conservateur, c'est un fait nouveau qui montre, une fois de plus, l'insuffisance du gardiennage du Louvre, contre laquelle il y a vingt ans que nous protestons. On ouvre des salles nouvelles, sans augmenter le nombre des gardiens. Le résultat, vous le voyez... l'autre jour, c'était une pièce sans grande valeur ; hier, c'était *la Joconde.* »

Mais la différence, c'est que le ravisseur du caillou en forme de femme s'est fait connaître et a restitué l'objet. Tandis qu'on reste sans nouvelles de l'homme qui a volé *la Joconde.* A ce sujet, Edmond Pottier partage tout à fait l'opinion de « notre voleur ». Il s'agit à son avis d'un travail de commande. On ne la retrouvera vraisemblablement qu'à la mort du collectionneur fanatique qui en a organisé l'enlèvement.

En attendant son retour, *la Grande Revue* interroge les artistes sur le tableau disparu. Van Dongen, gouailleur, ne mâche pas ses mots : « Elle n'a pas de sourcils, cette femme, et elle sourit drôlement ; elle doit avoir de vilaines dents pour avoir ce sourire fermé. »

Cet art « phénicien », ou, plus exactement ibérique, aux expressions farouches, porté sur le devant de la scène par la restitution du buste à *Paris-Journal*, a été une véritable révélation pour un jeune artiste espagnol travaillant à Paris. En 1906 en effet, Picasso, visiteur assidu au Louvre, notamment dans la section égyptienne, a découvert la série de bas-reliefs archaïques provenant de la forteresse d'Ossuna qui venait d'être installée dans le musée. Les yeux cernés de lourdes paupières, les formes anguleuses, comme taillées à la serpe, les coiffures stylisées de ces reliefs de pierre lui ont inspiré toute une série de tableaux, culminant en 1907 avec *Les Demoiselles d'Avignon*[29]. Les masques hagards, au regard étonnamment fixe, de ces extravagantes *Demoiselles* annonciatrices de la révolution cubiste sont un hommage direct à l'art des tailleurs de pierre ibériques. Or, de 1907 datent justement les larcins de « notre voleur » au Louvre...

Après un séjour de plusieurs mois en Espagne, Picasso rencontre le jour même de son retour à Paris, Guillaume Apollinaire[30]. Le poète est angoissé, presque terrorisé : « notre voleur » auquel les colonnes de *Paris-Journal* se sont si complaisamment ouvertes est une vieille connaissance d'Apollinaire, un vaurien assez drôle qui lui tient lieu de secrétaire. Or le « galbe de femme » et la « tête d'homme aux oreilles énormes » ont été vendues à Picasso par le secrétaire kleptomane. Dès la parution de l'article, Apollinaire a conscience que sa situation s'envenime. Que faire ? Les deux amis tiennent un véritable conseil de guerre chez Picasso, boulevard de Clichy. Fuir à l'étranger ? Cela ne règlera pas la question pour autant. Il faut avant tout se débarrasser de ces têtes compromettantes. Après un dîner hâtif et une interminable soirée passée à jouer aux cartes, ils décident de les jeter dans la Seine. Partis vers minuit lestés d'une lourde valise, les voilà donc errant dans Paris, persuadés d'être déjà traqués par la police. Ils sont de retour vers 2 heures du matin, à bout de forces : ils n'ont pas eu le courage de « noyer » la valise. Le lendemain, c'est décidé, l'un d'eux ira remettre son contenu à *Paris-Journal*, à condition que l'anonymat lui soit garanti.

Mercredi 6 septembre, l'affaire des statuettes ibériques connaît un rebondissement spectaculaire. *Paris-Journal* annonce que le peintre mentionné dans le récit du voleur vient de rapporter à la direction du quotidien deux autres statuettes. D'un style assez grossier, elles n'avaient pas éveillé ses soupçons quant à leur provenance, et il en avait fait l'acquisition pour une somme assez modique. Mais la reproduction de la tête « phénicienne » dans le journal a attiré son attention sur les deux pièces en sa possession. Elles correspondent à la description sommaire qu'en a faite le voleur. Sollicité à nouveau, Edmond Pottier identifie le lendemain les deux bustes ibériques qui vont sagement regagner leur place dans les salles du musée. Après les remerciements de Pottier, heureux de rentrer en possession de ces curiosités archéologiques, voici ceux que le voleur, à la plume alerte, adresse au journal : « Je ne veux pas quitter la France sans vous adresser encore l'expression de mes remerciements pour la manière si chevaleresque avec laquelle vous avez traité ma petite affaire. Et je souhaite de tout mon cœur que *la Joconde* vous soit rendue. Je n'y compte pas beaucoup. Mais il y a à espérer que si son détenteur actuel se laissait séduire par des idées de lucre, il se confierait à votre journal, dont les collaborateurs ont fait preuve envers moi d'une discrétion d'honneur si digne d'éloges. Je ne puis qu'engager celui qui détient actuellement le chef-d'œuvre de Vinci de s'en remettre entièrement à vous. Il a la parole d'un " collègue " que votre bonne foi est au-dessus de tout soupçon. »

Homme de lettres à ses heures, le voleur annonce qu'il s'apprête à quitter la France pour travailler à son roman.

Une fois de plus hélas l'image du Louvre est ternie. Si les choses continuent ainsi, on ne fera plus la différence entre musée du Louvre et Grands Magasins du Louvre. Dans *le Matin*, Clément Vautel imagine ce petit dialogue très parisien :

« MONSIEUR. — Je reviens du musée du Louvre.

MADAME. — Fais voir ?

Monsieur tire de sa poche une statuette phénicienne, d'ailleurs horrible, et la pose sur la cheminée à côté d'une tête de

plâtre dont la grimace inattendue lui arrache cette réflexion :
— Qu'est-ce que c'est que cette caricature ?
MADAME (simplement). — J'ai passé une heure au musée du Trocadéro.

Au même instant, le jeune Ferdinand rentre en sifflotant *la Veuve joyeuse.*
MONSIEUR. — D'où viens-tu ?
FERDINAND. — Du musée de Cluny... La preuve, c'est que voilà la ceinture de chasteté.

Quant à la fille de la maison, elle a flâné dans les salles du musée Carnavalet : c'est dire qu'elle apporte la corde de Latude. Hâtons-nous d'ajouter que le lendemain, ces différents objets sont renvoyés par colis postal ou par l'intermédiaire d'un journal aux musées intéressés.

Car il ne s'agit que d'un sport, d'un sport charmant et qui ne tardera pas à faire fureur. Cet hiver, nous aurons une nouvelle variété de dîners-surprises : chaque invité sera tenu d'apporter quelque objet provenant d'un musée. Ce sera follement amusant[31]. »

Le complot cubiste

Tandis que des orages d'une violence extrême éclatent dans l'Ardèche et dans les départements du Centre, tuant plusieurs personnes, à Paris on cuit. La chaleur torride qui s'est abattue sur la capitale bat tous les records d'intensité — l'observatoire de la tour Saint-Jacques enregistre le 7 septembre plus de 34° en début d'après-midi — et de durée : un mois complet. Une bonne aubaine pour les piscines. Au barrage de Joinville-le-Pont, le dimanche, de nombreux baigneurs se donnent l'illusion de « prendre la vague » comme à Trouville. Dans bien des régions, l'agriculture subit des pertes irréparables. Quand donc l'été finira-t-il ? Plusieurs villes sont le théâtre de manifestations violentes. On proteste contre la cherté des vivres, la grève générale est votée dans les usines. Sous les jets de pierres, de briques et de bouteilles, la troupe charge et poursuit les manifestants à grands coups de sabre.

Ce jeudi, un soir comme les autres, Auteuil s'endort paisiblement. Les hauts immeubles qui commencent à envahir le quartier rougissent de leur pierre trop neuve sous la lumière crépusculaire. Rue Gros, au n° 37, une voiture s'arrête. Deux hommes en sortent, frappent chez la concierge puis sonnent à un appartement. Une heure plus tard, ils ressortent en compagnie d'un homme de haute stature, légèrement voûté : le poète Guillaume Apollinaire est arrêté. Il remet ses clefs à la loge.

Flanqué des deux inspecteurs de la Sûreté, le poète disparaît dans un taxi-auto qui le conduit au palais de justice. Apollinaire est introduit dans le cabinet du juge Drioux[32].

Des dénonciations anonymes sont parvenues au Parquet, le désignant comme ayant été en relation avec le voleur des statuettes « phéniciennes » et avec le receleur qui vient de restituer les deux bustes à *Paris-Journal*. Inculpé de « recel de malfaiteur », il est instruit des charges qui pèsent contre lui. Il proteste d'abord, énergiquement. Puis il doit en convenir : oui, il connaît l'auteur du vol.

« Mais, ajoute-t-il, dans le code, il n'est aucune loi qui m'oblige à révéler son nom à la justice.

— Dans ces conditions, réplique le juge, je vous inculpe de complicité de recel de malfaiteur. »

Et il signe séance tenante un mandat de dépôt. Effaré par la mesure qui vient d'être prise contre lui, Apollinaire finit par livrer le nom du coupable. Le juge maintient néanmoins son mandat. Apollinaire est conduit à la Santé.

Voilà ce qui peut vous arriver si vous n'êtes Français que d'adoption, si votre talent d'écrivain est trop original pour être honnête ; si, journaliste, vous écrivez après le vol de *la Joconde* que le Louvre est « plus mal gardé qu'un musée espagnol », si vous êtes assez naïf pour fréquenter un kleptomane et en faire votre secrétaire ; si, critique d'art, vous osez défendre des « cubistes » qui se disent peintres, dont les œuvres ne sont que le reflet dans un miroir brisé de leur désordre mental, et dont le but est de réduire à néant les valeurs les plus sacrées de notre civilisation...

A la Santé, Apollinaire se réveille le matin du 8 septembre dans une cellule nue du « quartier neuf ». Celle-ci dispose d'un relatif confort puisque la morne cruche traditionnelle y est remplacée par une prise d'eau courante. Il y a des plumes, de l'encre, du papier, mais pas de livres. Une torture pour l'écrivain qui vit à Auteuil dans le joyeux désordre de sa bibliothèque, constamment sollicité par des lectures rares et curieuses. A peine levé, il consacre quelques soins à son minable intérieur. Il allume une pipe, balaie la cellule. C'est, confesse-t-il, presque la seule distraction de ses longues journées. Puis vient l'heure de la promenade. Dans l'ensemble, les gardiens témoignent des égards à ce prisonnier hors du commun. De son côté, il tente de s'accommoder de son mieux du régime pénitentiaire, et ne fait venir que peu de repas du dehors. Son unique gourmandise, c'est le pain blanc au lieu du pain noir qui constitue l'ordinaire. Il fume et écrit. Seul son frère a pu pour le moment lui rendre visite, à travers les sinistres grillages du parloir. A sa sortie de prison, Apollinaire donnera à *Paris-Journal* le récit de sa détention :

« Dès que la lourde porte de la Santé se fut fermée derrière moi, j'eus une impression de mort. Cependant, les murs de la cour où je me trouvais, par la nuit claire, étaient couverts de plantes grimpantes, mais la seconde porte franchie et close, je connus que la zone de la végétation était passée, et il me sembla que, désormais, j'étais dans un lieu situé hors de notre terre et que j'allais m'anéantir. On m'interrogea plusieurs fois et un gardien me fit prendre mon fourniment : une grosse chemise, une serviette, une paire de draps et une couverture de laine, puis, à travers des couloirs interminables, on m'amena devant ma cellule : la quinzième de la onzième division. Là, je dus me mettre nu dans le corridor, et l'on me fouilla, puis on m'enferma, et je ne dormis que fort peu, à cause de la lumière électrique qui éclaire toute la nuit les cellules. On sait ce qu'est la vie dans une prison : purgatoire d'ennui, séjour où vous êtes seul et cependant constamment épié. La nourriture que l'État donne aux prisonniers n'est pas très abondante, mais elle est bonne. Chaque matin on reçoit un pain et après la promenade on a du bouillon où nagent des légumes. Le soir, à trois heures, on vous apporte un plat, soit de haricots, soit de pommes de terre, et le dimanche un morceau de viande relève ce menu un peu maigre, mais excellent comme qualité. Le repas de midi est remplacé par une étrange boisson appelée la tisane. J'ai en vain essayé de me rendre compte des ingrédients qui la composent. Elle a une saveur de cuivre et l'amertume de l'aloès, tandis que sa couleur est celle du vin blanc[33]. »

Comme seul livre, il reçoit *la Quarteronne* du capitaine Mayne-Reid, auteur de romans d'aventure pour collégiens. Bon public, Apollinaire écrit : « Pendant ma détention, j'ai lu deux fois *la Quarteronne* et, malgré quelques invraisemblances qui m'ont choqué, cet ouvrage ne m'a pas semblé méprisable. » Mais un autre souvenir le hantera longtemps : « La première émotion violente que j'aie ressentie à la Santé provient d'une inscription gravée dans la couleur qui recouvre la ferrure de la couchette : Dédé de Ménilmontant pour meurtre[34]. »

Dans les journaux du matin, la nouvelle de l'arrestation d'Apollinaire plonge les milieux littéraires dans la stupeur et l'indignation. Une pétition est rédigée et adressée au ministre de l'Instruction publique : « Un scandale vient d'être commis. L'arrestation de Guillaume Apollinaire, sans atteindre son honneur, met en péril les intérêts de la presse, la dignité professionnelle des journalistes et des écrivains — et même de tout galant homme qui ne veut point trahir sa parole. La cause de notre camarade est assez claire pour qu'il soit relâché dans les vingt-quatre heures[35]. »

Parmi les toutes premières signatures, on relève les noms d'Élémir Bourges, Rémy et Jean de Gourmont, Albert Gleizes, Otto Freundlich, Jérôme et Jean Tharaud, Max Jacob... Octave Mirbeau commente : « On met sous les verrous un écrivain pour un délit que le Code connaît mais que ma conscience ne connaît pas ! Voilà les mœurs d'aujourd'hui ! [...] Et dire que tout cela est arrivé à cause de *la Joconde*, un tableau de commerce et rien autre chose. [...] Le sourire de *la Joconde*... il existe, certes, ce sourire, bête comme nombre de sourires. Il aura fallu la " littérature " pour le rendre licencieux. Mais pourquoi tant d'histoires quand il y a, tout près du panneau vide, un Giorgione et tant de merveilles dans la salle des primitifs ? Mais le Louvre c'est le Louvre où l'on pouvait tout imposer et tout voler sous le solennel savant qu'était M. Homolle, et où l'on peut encore tout imposer et tout voler sous l'inconnu qui le remplace, sans être un savant : l'administration, c'est l'administration des Beaux-Arts, avec M. Dujardin-Beaumetz à sa tête, et la justice, c'est celle qui emprisonne Guillaume Apollinaire. Laissez-moi dire encore combien celui-ci compte d'amis parmi les écrivains, y compris, dans notre Académie des Goncourt, M. Léon Daudet, qui a chaudement défendu le livre de ce " juif "[36]. »

Passionnément défendu par la plupart des journaux dont *Paris-Journal* et *L'Intransigeant*, Apollinaire est aussi la cible d'attaques ignobles des antisémites « qui ne peuvent se figurer qu'un Polonais ne soit pas juif ».

Polonais né en Italie, Guillaume Kostrowitsky dit Apollinaire vit dans la terreur d'être expulsé comme étranger. Il n'a pourtant rien à craindre. Le juge a trop besoin de lui pour confondre les malfaiteurs de la bande. Car, le dossier hâtivement constitué par la Sûreté le laisse penser, il s'agit d'une « bande internationale venue en France pour dévaliser les musées ». Il faut maintenant réunir tous les fils d'Ariane qui permettront de démanteler cette formidable organisation qui a des ramifications partout : en Allemagne, en Italie, en Belgique, en Angleterre. Il semble qu'on puisse dès maintenant lui attribuer la plupart des vols importants de tableaux et d'objets d'art commis ces dernières années dans les églises, les musées, les collections privées. L'arrestation du « Russe » (on ignore encore la vraie nationalité du poète) apporte un ciment neuf à l'édifice toujours croulant que les enquêteurs essaient de reconstituer.

Paris-Journal ne l'entend pas ainsi. « Il faut bien, n'est-ce pas, arrêter quelqu'un », titre le quotidien qui commente : « M. Apollinaire a été indignement cuisiné par des gens ignorants qui, dans l'impossibilité où ils sont de donner aux Parisiens *la Joconde*, jettent en pâture à leur propre appétit de répression un artiste et un homme de lettres[37]. »

Vendredi matin, le dossier d'instruction de l'affaire de *la Joconde* s'enrichit d'un nouveau témoignage. Un homme se présente au parquet. Il veut parler au juge Drioux. En l'absence du magistrat, qui a poursuivi tard dans la nuit l'interrogatoire d'Apollinaire, l'inconnu est reçu par le secrétaire chef du Parquet, M. Mouton.

« Mon nom est Paul Blandin, et je suis comptable. En traitement à Necker, je viens de sortir de l'hôpital et j'ai appris le vol de *la Joconde*. Je me trouvais, le 21 août, vers sept heures et demie, au quai d'Orsay, non loin de la gare. Un individu porteur d'un paquet assez volumineux, qu'un drap recouvrait totalement, apparut soudain. Il vint à moi et me pria — avec politesse — de surveiller son colis pendant qu'il se rendrait au guichet pour y prendre son ticket. J'acceptai. Mon interlocuteur reparut peu après, me remit vingt francs et disparut. J'avais eu la curiosité de soulever le voile qui enveloppait le paquet. C'était un panneau en bois dont la peinture représentait un portrait. Ce pourboire magnifique — un beau louis d'or — me surprit, ajoute M. Blandin. Il me surprit à ce point, que je crus d'abord la pièce fausse. Je l'échangeai. C'était bien un vrai Napoléon. »

Convoqué au Palais dans l'après-midi, il confirmera ses déclarations devant le juge. Fait intéressant, le signalement que Blandin donne de ce généreux voyageur correspond à celui du mystérieux personnage qui jeta le bouton de porte dans le fossé du Louvre.

« Qui n'a pas un crime sur la conscience ? demande le baron d'Ormesan. Pour ma part, je ne les compte plus. J'en ai commis quelques-uns qui m'ont rapporté pas mal d'argent. Et si je ne suis pas millionnaire aujourd'hui, il faut accuser mes appétits plutôt que mes scrupules[38]. »

Brillant, cynique, toujours bien mis, le cuir chevelu entamé par une grande cicatrice, d'Ormesan est un dangereux mystificateur au destin hors du commun. Tantôt doué du don d'ubiquité et vénéré comme le messie dans toutes les synagogues du monde, tantôt claquemuré à la prison de Fresnes, ce charmant criminel est l'un des héros de *l'Hérésiarque & Cie*, recueil de nouvelles publié par Apollinaire l'an passé. Curieusement, *Paris-Journal* publie le 12 septembre une lettre du voleur de statuettes signée « baron Ignace d'Ormesan » et datée de Francfort le 9 septembre. Juste retour des choses en fait puisque Apollinaire s'est inspiré de son « secrétaire » pour camper ce bizarre personnage.

« J'apprends par un journal du soir l'arrestation de celui qui fut longtemps mon ami. J'ai hésité à vous écrire parce qu'il n'est point dans mes habitudes de le faire en des moments critiques. Inutile d'ajouter que les quelques douzaines de lettres que la Sûreté prétend avoir été envoyées par moi à M. Apollinaire ont été dictées par elle pour les besoins de la cause.

Mais j'ai mon sens de l'honneur, Monsieur, et je m'en voudrais de ne pas mettre les choses au point, au moment où un artiste, dont les aventures romanesques parurent arrêter un moment l'esprit curieux, se voit inquiété, au mépris de toute justice, pour des méfaits qui lui furent longtemps inconnus et qui, lorsqu'il en eut connaissance, furent cause de notre rupture. A l'époque où j'enlevai le couple phénicien, je ne connaissais pas encore M. Apollinaire. J'eus l'avantage de le rencontrer au Kursaal d'Ostende, peu avant mon départ pour la Californie et, à mon retour, le rencontrai de même, tout à fait par hasard, à Paris.

J'étais en difficultés et lui proposai moi-même de lui servir momentanément de secrétaire. C'est peu après, pendant qu'il était aux bains de mer, que la nostalgie du Louvre me reprit et que je me livrai aux voluptés d'un nouveau rapt. Connaissant ses principes, j'eus soin de le lui cacher, et ce n'est qu'au moment de la disparition de *la Joconde* qu'il découvrit la provenance de ma poupée favorite[39]. »

Depuis l'arrestation d'Apollinaire, le juge Drioux connaît le nom du voleur-secrétaire. La perquisition rue Gros a permis de joindre au dossier plusieurs lettres qu'il a adressées à l'écrivain. Ce nom, le juge le garde jalousement, craignant que la presse ne vienne perturber le bon déroulement de l'enquête. Pourtant, on ne tarde pas à le connaître. Il s'agit d'un Belge nommé Géry-Pieret. Poursuivant son instruction, Drioux convoque Apollinaire pour mardi après-midi.

Le poète est donc « extrait » de sa cellule, selon le vocabulaire chirurgical employé en pareil cas. Puis on le fait monter dans un fourgon : « La promenade en voiture cellulaire me parut un long voyage. J'étais enfermé dans une sorte de cage où il faisait très chaud. Le garde m'avait dit que je ferais bien de mettre mon faux col en poche. Au Palais, on m'enferma dans une des cellules étroites et puantes de la Souricière, où j'attendis de onze heures à trois heures le visage collé aux barreaux, pour voir ce qui se passait dans le corridor. Quatre mortelles heures ! Combien longues à passer ! A pas lents, elles s'en allèrent, cependant, et, poings liés, je fus mené, par un garde, vers le cabinet du juge.

Quelle surprise de se voir regarder tout à coup comme une bête curieuse ! Ce furent soudain cinquante appareils braqués sur moi : les éclairs du magnésium donnaient une apparence dramatique à cette scène, où je jouais un rôle. Je reconnus bientôt quelques camarades, quelques amis : Me Toussaint-Luca, André Salmon, René Bisset, et voilà mes défenseurs à mes côtés ! Je devais, je crois, rire et pleurer en même temps.

J'avais mis mon faux col pendant mon attente dans la Souricière. Mais ma cravate réglementaire ne tenait pas, et je pense que je m'y prenais mal pour la faire tenir. Je finis par la remettre en poche, après que l'on m'eut bien photographié et pendant que le garde municipal, reprenant sa marche à laquelle la mienne était liée, me menait, définitivement cette fois, à l'instruction[40]. »

Enfin, le poète, entouré de ses défenseurs, Mes José Théry et Arthur Fraisse, est introduit dans le cabinet du juge. Ces cinq nuits passées en prison l'ont anéanti. Il croit sa carrière finie, son nom est déshonoré. Sa mère Mme Kostrowitzky, qui voit d'un si mauvais œil certaines de ses fréquentations, lui pardonnera-t-elle cette infamie ? Et Marie Laurencin, sa chère Marie ? Il a bien besoin de son soutien dans ces moments de cauchemar. Le juge lui demande tout d'abord dans quelles circonstances il a été amené à faire la connaissance de Géry-Pieret[41].

« C'est en 1905, alors que j'étais employé dans un journal financier de Paris, le *Journal des rentiers*, que je fis connaissance de Géry-Pieret. Il était placé sous mes ordres. Géry-Pieret me parut alors un sympathique garçon, encore que léger de caractère. Il semblait curieux des choses d'art et de littérature, et je m'intéressais à ses conversations. Pourtant bientôt, à la suite d'une tentative de chantage dont il s'était rendu coupable, il fut renvoyé du *Journal des rentiers*, et entra dans un autre journal financier, *le Financier français*. Il n'y resta point longtemps et repartit en Belgique où, arrêté pour vol, il était condamné à vingt-huit jours de prison. Il revint en France et continua à y mener une vie des plus désordonnées. Sans domicile, il couchait tantôt chez l'un, tantôt chez l'autre, ou se faisait héberger à l'Armée du Salut... »

Apollinaire poursuit :

« En mars 1907, je l'avais pris de nouveau en pitié, et l'avais recueilli chez moi... Ses conversations et le récit de ses avatars m'intéressaient tout particulièrement, car le personnage m'avait semblé suffisamment curieux pour être étudié et disséqué dans un but purement artistique et littéraire... Sous le nom de baron Ignace d'Ormesan, j'en fis le héros d'une nouvelle : " Amphion, faux messie ". C'est sur ces entrefaites qu'il déroba au Louvre les deux têtes phéniciennes [...]. Géry-Pieret m'avait alors avoué ce vol et je lui avais conseillé d'aller immédiatement en restituer le produit... Géry-Pieret ne suivit point ce conseil, et je dois avouer qu'à ce moment je n'avais attaché à ce larcin qu'une importance relative... Cependant, à chaque instant, Pieret me demandait de lui trouver un acheteur pour les deux têtes dérobées. Comme bien vous pensez, je m'y refusai... Mais un jour il m'entendit prononcer le nom d'un peintre, de mes amis... Pensant que cet artiste consentirait à se rendre acquéreur du produit de mon larcin, Pieret alla le trouver. Mon ami qui ne pouvait supposer qu'il s'agissait là d'objets volés, acquit l'une des sculptures pour 50 francs... Comme il se refusait à acheter la seconde, Géry-Pieret la lui offrit gracieusement... Enfin ma nouvelle étant terminée, et Géry-Pieret continuant à se mal conduire, je me décidai à le congédier. Il partit de nouveau en Belgique, où sa famille l'engagea à s'embarquer immédiatement sur un bateau partant pour la Californie. Géry-Pieret suivit ce conseil et s'embarqua. Pendant quatre années, il roula dans le nouveau-monde, y menant une vie singulière... »

Apollinaire n'était pas pour autant définitivement débarrassé de ce pittoresque parasite. Il continue son récit :

« Je ne pensais plus le revoir, lorsqu'au mois d'avril dernier, j'appris qu'il était revenu à Paris... En effet il se présenta à moi, et m'assurant qu'il s'était amendé, me demanda de lui trouver un travail... Il habitait alors un hôtel de la rue Taitbout... Je consentis à l'aider, mais ne trouvant point de place pour lui et apitoyé quand même par ce déclassé repentant, je l'invitai à venir loger chez moi... Il y arriva le 11 mai dernier... Je l'employai autant comme domestique que comme secrétaire... Dans la valise qu'il avait apportée avec lui se trouvait la statuette phénicienne, qu'il avait dérobée au Louvre, trois jours auparavant... Il m'avoua encore ce nouveau vol et je lui en fis de véhéments reproches... Enfin dans la soirée du lundi 21 août dernier — et non le dimanche 20 août ainsi qu'on l'a dit — je le renvoyai définitivement. Il alla loger à son ancien hôtel de la rue Taitbout. Je ne le revis plus jusqu'au dimanche 3 septembre suivant... Ce jour-là, l'ayant rencontré, il me confirma la nouvelle que j'avais apprise seulement par les journaux de la restitution qu'il avait faite à *Paris-Journal*, moyennant 250 francs, de la statuette phénicienne dérobée au mois de mai précédent... J'avais été complètement étranger à cette négociation. Il me déclara qu'il voulait quitter la France et me demanda de lui en fournir les moyens... J'eus une dernière pitié pour lui et le conduisis moi-même à la gare de Lyon, d'où il partirait pour Marseille, où il voulait, me dit-il, s'embarquer. Je lui remis comme viatique de route une somme de 160 francs et n'ai quitté la gare que lorsque le train fut parti.

— En tous les cas, dit le juge, presque dès le début de vos relations avec Géry-Pieret, vous avez connu ses actions coupables. »

Et il brandit une lettre saisie lors de la perquisition chez Apollinaire. Datée de New York, elle relate les expédients plus ou moins licites auxquel Pieret a eu recours pour se procurer de l'argent. Préoccupé par la coïncidence entre la date du vol de *la Joconde* et celle à laquelle Pieret a quitté l'appartement d'Apollinaire, il questionne le poète sur l'emploi du temps de son secrétaire le dimanche 20 août. Pieret n'a quitté la maison que quelques minutes pour acheter des œufs... Puis Drioux lit la lettre adressée par le prétendu « baron d'Ormesan » à *Paris-Journal* :

« Que pensez-vous de cette lettre ?

— Elle est plaisante, répond M. Apollinaire.

— Pensez-vous que Pieret soit parti pour Marseille ? Le croyez-vous à Francfort ?

— Je ne saurais le dire. Il a pu chercher à me tromper moi-même. Il a pu avant Marseille bifurquer vers quelque autre point. Peut-être est-il allé en Suisse où se trouvait, je crois, sa mère malade.

— Emportait-il beaucoup d'argent ?

— Trois cents francs environ, je crois. »

Le juge en vient maintenant à certaines dénonciations anonymes et à un écho paru dans la presse disant qu'Apollinaire s'est rendu acquéreur du château de Gréoux[42]. Une blague innocente lancée par André Billy mais qui, dans les circonstances présentes, peut avoir de fâcheuses conséquences.

« Vous avez acheté, a-t-on dit, tout récemment, un château dans la Drôme ? »

Apollinaire de répondre :

« Ce doit être encore un château en Espagne. Combien j'en ai vu crouler, hélas ! de ces châteaux !

— Une lettre, là, me signale (elle émane d'un M. B...) que vous avez emprunté à ce monsieur, un ancien chef de cabinet, deux livres, dont *la Cité gauloise*, que vous ne lui auriez pas encore restitués ?

— Il me les avait prêtés pour les lire, sans doute, et je ne les avais pas encore lus. Je les rendrai dès que je le pourrai », fait Apollinaire.

C'est tout, l'interrogatoire est terminé. Drioux est désarmé : il est loin de tenir là le chef d'une bande internationale de malfaiteurs. Reste à retrouver Géry-Pieret bien sûr. Mais le dossier constitué par la Sûreté sur Apollinaire s'émiette déjà de toutes parts.

Le soir même, après l'interrogatoire, Me Théry remet entre les mains du juge une demande de mise en liberté provisoire de son client. Drioux, estimant que la détention de l'auteur de *l'Hérésiarque & Cie* a assez duré, signe la demande. Apollinaire est reconduit à la Santé où, peu après, est signée la levée d'écrou.

Auparavant, une entrevue a eu lieu en présence du juge entre Apollinaire et Picasso. Pour éviter des ennuis à tout le monde, l'écrivain a avancé que celui-ci ignorait la provenance des antiquités qu'il avait achetées à Géry-Pieret. Convoqué comme témoin, Picasso est confronté à Apollinaire. Il racontera :

« Je le vois encore avec ses menottes et son air de gros garçon placide. Il m'a souri en entrant. Mais je n'ai pas bronché lorsque le juge m'a demandé :

" Connaissez-vous Monsieur ? "

Alors une peur terrible m'a possédé et, sans savoir ce que je disais, j'ai répondu :

" Je n'ai jamais vu cet homme-là. "

J'ai vu la tête de Guillaume qui changeait. Le sang se retirait de son visage. »

Apollinaire se croit perdu. Finalement, son ami entérine sa version des faits. A aucun moment, son nom ne sera mentionné dans la presse. Mais l'affaire porte un rude choc à l'amitié qui lie les deux hommes. Cinquante ans plus tard, Picasso confessera : « J'ai encore honte, voyez-vous[43]. »

Voyage en Belgique

La Joconde a une rivale, une rivale de chair et d'os, qui, le 12 juin, a captivé l'opinion. Ce jour-là, on a découvert à Tours, au second étage d'une demeure bourgeoise, le cadavre de M. Guillotin, froid depuis deux jours et percé de plusieurs balles de browning. La veuve Guillotin qu'on soupçonnait de cacher, sous ses voiles noirs, quelque chose qui n'était pas de l'affliction, la société tourangelle et ses travers balzaciens, et Mme Bulot, belle-mère de la victime, ont tenu les Français en haleine. Mais depuis que Mona Lisa a joué la fille de l'air, Mme Guillotin et son cadavre ont été relégués dans la coulisse.

Aujourd'hui, la situation se renverse à nouveau : l'assassin vient d'avouer. Il s'agit de Paul Houssard, un jeune oisif, cousin et ami de la veuve. Il a tué par amour. La tragédie de Tours alimente à nouveau toutes les conversations. Jalouse sans doute, Mona Lisa trouve aussitôt le moyen d'accaparer une fois de plus la une des journaux. Cette fois, elle prétend avoir fauté avec un forçat. On apprend en effet qu'un forçat évadé des bagnes de la Guyane exerçait à l'occasion ses talents de guide polyglotte au musée du Louvre. On apprend qu'il y aurait même passé la nuit à plusieurs reprises.

Beaucoup de bruits, souvent très fantaisistes, courent sur le Louvre, surtout depuis que *la Joconde* n'y est plus. On a même insinué que des demi-mondaines s'y livraient à leurs ébats le lundi. Mais un forçat prenant le Louvre pour un garni, voilà de l'inédit ! Aussi le juge Drioux prête-t-il la plus grande attention aux déclarations des deux personnes qui sont venues le trouver au Palais en cet après-midi du 11 septembre. L'un, Me Jacques Bonzon, possède une importante documentation sur les bagnes guyanais, et fait autorité en la matière. L'autre, fonctionnaire ayant vécu parmi les forçats de la Guyane, détient des indications de première main, notamment sur un certain Antoine Rives.

Au mois de mars dernier, la Sûreté a été informée que ce forçat de Guyane venait de débarquer à Amsterdam, venant de New York, et s'apprêtait probablement à gagner Paris. C'est un des membres les plus dangereux d'une association de cambrioleurs internationaux. Condamné par les cours d'assises de la Côte-d'Or, des Alpes-Maritimes et de la Seine, Rives avait été relégué en Guyane en 1909, mesure frappant les malfaiteurs réputés indécrottables. Les juges avaient vu en lui un « malade de la volonté » soumis à un chef de bande dont il n'a jamais voulu livrer le nom.

De taille moyenne, le visage hérissé d'une fine moustache, l'allure molle et la démarche indécise, Rives possède une bonne culture artistique et sait l'anglais et l'allemand. L'effet de son génie pour le déguisement est tel que sa fiche anthropométrique établie au pénitencier de Saint-Laurent-du-Maroni diffère de celle de Paris au point de faire croire à une erreur sur la personne. Le fonctionnaire amené par Me Bonzon a connu Rives à Saint-Laurent, où son dossier le signalait comme devant faire l'objet d'une surveillance sévère :

« On ne tarda pas à apprendre au pénitencier que Rives recevait de mystérieux subsides. En dépit des précautions prises, il s'évadait alors qu'il était interné au camp des " incorrigibles " de la forestière. J'étais moi-même à Paris lorsqu'un soir de l'hiver dernier, le 8 avril, je vis arriver à mon domicile Antoine Rives qui, à bout de forces, affamé, me raconta son évasion. Un accès de paludisme l'avait surpris à son passage à Paris, et terrassé par la fièvre guyanaise, affolé par la police qui le traquait, il suppliait qu'on lui donnât le gîte qui pourrait le sauver. Je l'envoyai à une société charitable qui eut pitié de lui. Comme on lui demandait où il avait couché les nuits précédentes, il répondit :

— Dans les musées.

Et comme nous insistions, il nous révéla que les musées étaient le seul abri nocturne pour lui qui en connaissait à merveille les moindres cachettes. Il affirma avoir couché pendant la nuit du 7 au 8 avril " dans le vestiaire du musée du Louvre ". L'accès de fièvre terminé, Rives se montra reconnaissant et à ce point intéressant que je m'employai auprès de mes amis pour lui permettre d'éviter son retour au bagne. Mais pendant que nous le supposions occupé aux travaux qu'on lui avait procurés, Rives " faisait " les musées... Il passait ses après-midi au Louvre où sa connaissance des langues lui permettait, disait-il, de guider les visiteurs étrangers. A la vérité, aucun homme ne connaissait mieux que lui nos richesses nationales et je me souviens d'une discussion pittoresque sur l'authenticité de certaines toiles... Ce jeune homme souple, disert, élégamment documenté sur les choses d'art, nous avait fait oublier ses origines... C'est lui qui nous a fait connaître les musées de Paris. Un jour (le 5 mai), Antoine Rives ne vint pas comme à l'ordinaire prendre son repas du matin. Mais un pneumatique de lui nous annonça qu'il avait enfin réussi l'opération qui allait " lui permettre d'être un homme nouveau "... " Je m'en vais, écrivait-il. Je pars pour New York où l'on m'attend et d'où je reviendrai riche, c'est-à-dire honorable... " Une lettre du Havre, datée du 7 mai, nous apportait d'émouvantes protestations de reconnaissance et l'affirmation renouvelée que ce voyage à New York allait le réconcilier avec la société... Antoine Rives est revenu une première fois en juillet ; je l'ai rencontré à Bruxelles. Il était plus élégant que jamais... Et depuis, certains propos de lui nous sont revenus[44]. »

Un forçat érudit, connaissant tous les recoins des musées et en cavale de surcroît, n'est pas un oiseau de bon augure, et le juge décide aussitôt d'ouvrir une enquête. Cette piste est assurément l'une des plus sérieuses qui aient été suivies jusqu'à présent. Le cas Rives fait à nouveau planer la menace d'une bande de malfaiteurs organisés. Le fonctionnaire se rappelle aussi le nom d'un antiquaire parisien, prononcé il y a quelque temps à propos d'une affaire de vol d'objets de culte en Auvergne. Rives parlait souvent de ces vols commis en Auvergne et dans le Limousin, ainsi que des frères Thomas pour lesquels il prétendait avoir « travaillé » en Angleterre et en Amérique. Et il déclarait, l'air entendu, que les Thomas ne resteraient pas au bagne...

Le juge reçoit par ailleurs les révélations d'un individu détenu à Fresnes, admirablement documenté sur les vols d'objets d'art :

« Certes, la vente de *la Joconde* dérobée au Louvre est actuellement impossible en Europe. Mais il n'en va pas de même en Amérique, où l'écoulement des objets d'art volés dans les collections du vieux monde est d'autant plus facile que les vols ont eu, dans la presse, un plus grand retentissement. Nous avons là-bas des centaines et des centaines de collectionneurs pour qui la publicité faite autour des rapts d'objets d'art est la seule garantie d'authenticité de ces objets[45]... »

Les confidences du « repenti » indiquent deux directions d'enquête : l'Allemagne et la Belgique. Plus que jamais, les limiers de la Sûreté générale sont sur la brèche.

Le 28 septembre, le préfet Lépine reçoit un télégramme en provenance de Bruxelles adressé à « Lépine Grand Préfet de Police, Paris[46] ». Le message, quoique peu explicite, est de nature à éveiller la curiosité : « ALEXANDRE SNATAGER PRIVÉ DÉTECTIVE HOLLANDE VOUS PRIE D'ENVOYER BIENTÔT DES INSPECTEURS POUR GIOCONDA. »

Ce Snatager, détective privé, patron de Alex. Snatager & Co. à La Haye, se fait fort de retrouver *la Joconde* et fait des offres de service à la police française. Il n'exige en échange aucune rémunération. Un philanthrope ? Il songe sans doute à la publicité considérable qui, en cas de succès, rejaillira sur lui. Et puis il y a les diverses primes promises à celui qui rapportera *la Joconde* ou mettra sur la trace de son ravisseur. Jusqu'à présent, cet argent n'a pu être dépensé, faute de pistes valables.

Rue des Saussaies, à la Sûreté, le contrôleur général des recherches Sébille prend l'affaire au sérieux et décide d'envoyer en Belgique deux de ses inspecteurs, Cassellari et Picard. Snatager leur réitère ses offres de service. *La Joconde* se trouve entre les mains d'un de ses « amis », un voleur professionnel. Les trois compères mettent au point un scénario. Une rencontre est arrangée à Gand avec l'un des complices du vol. Pour ne pas éveiller les soupçons, Cassellari sera présenté comme un richissime Américain du nom de Harry Smith, désireux d'acquérir le panneau volé, Picard lui tenant lieu d'interprète sous le nom de Ruamps. L'entrevue est fixée à 16 heures au Café de la Paix.

A l'heure dite, nos trois compères se rendent dans ce luxueux établissement gantois, proche de la gare du Sud. Un certain Nouts les y rejoint bientôt. L'homme est petit et mince, plutôt insignifiant, blond aux yeux bleus. Après un aparté avec Snatager, il s'assied à la table des Français. Visiblement mis en confiance, il parle tout de suite du tableau. *La Joconde* s'est trouvée chez lui pendant un moment mais elle est maintenant entre les mains d'un autre membre de la bande, car ils sont plusieurs dans l'affaire. Prudent, le détenteur actuel du tableau — un « gros » qui occupe une position importante — ne souhaite pas montrer celui-ci tant que les recherches se poursuivent activement. Cependant, Nouts, pressé par des besoins d'argent, se propose de faire connaître aux autres l'existence d'un acheteur éventuel. On commence à discuter le prix. Nouts demande d'emblée cent cinquante mille francs pour le tableau. L'« Américain », conformément aux instructions qu'il a reçues de son supérieur de la Sûreté, en offre cent vingt mille. Finalement, Nouts accepte. Il confie à Snatager et au faux interprète, après s'être assuré que l'« Américain » ne comprend pas le français, qu'il n'annoncera que cent mille à ses complices. Les vingt mille francs restant, il les partagera avec Snatager et Ruamps. Il ajoute qu'il a également en sa possession un tableau de Jordaens, lui aussi volé au Louvre, et un plat d'argent, également volé. Il insiste pour emmener Smith les voir. Celui-ci refuse sous prétexte qu'il serait malvenu d'attirer l'attention sur son domicile. En fait, le policier craint que les agents de son service qui font le guet au-dehors, prêts à filer l'honorable compagnie, ne soient « brûlés » par deux complices de Nouts qui montent eux aussi la garde à l'extérieur du café. Que de sentinelles ! Nouts, qui n'est pas à court d'idées, demande à l'Américain s'il serait acheteur de plaquettes en argent d'une valeur de cinq cent mille francs se trouvant au musée de Gand. Mais on le dissuade de commettre ce nouveau vol : seule *la Joconde* intéresse Smith. Bien que la transaction ne soit pas encore faite, on règle déjà les modalités de la livraison. Dans quelque temps, Smith reviendra à Gand en automobile. Il chargera le tableau la nuit et se rendra à Anvers où l'attendra son yacht qui assurera le transport vers l'Amérique. La complicité d'un agent des douanes américaines permettra de débarquer le précieux chargement sans encombres.

En attendant que Nouts se mette en relation avec ses complices, Cassellari et Picard retournent à Bruxelles où la réponse du gang leur parviendra par l'intermédiaire de Snatager. Ils descendent à l'hôtel Métropole où ils s'inscrivent sous les noms de Harry Archibald Smith, de New York, et de Ruamps, son secrétaire. Craignant d'être filés, les deux inspecteurs s'installent dans une luxueuse suite. L'attente commence. Le 10 octobre, Snatager rentre inopinément à La Haye. Cette attitude bizarre va inciter la police à presser Nouts.

Entre-temps, ce qu'il faut bien appeler la « piste belge » devient complexe. Un mystérieux Jiacundo est entré en correspondance avec Dujardin-Beaumetz[47]. Dans une première lettre datée du 26 août parvenue au sous-secrétaire d'État aux Beaux-Arts, ce Jiacundo se présente comme un homme de bien soucieux de trouver une issue à une affaire puérile qui promet de tourner au vinaigre. Il affirme : « Je puis sans difficulté vous mettre très rapidement sur les traces de *la Joconde* ; je puis faire mieux, je puis obtenir de ceux qui la détiennent de la faire parvenir à Paris, sans tarder. » Pour seule récompense, il demande l'anonymat et l'impunité des coupables, deux adolescents dépassés par leur acte. L'aîné n'a pas vingt ans, ce serait dommage de compromettre l'avenir de ces enfants.

Dujardin-Beaumetz est invité à correspondre avec Jiacundo dans les colonnes du *Journal*. La réponse ne se fait pas attendre. Le 29 août paraît dans la « petite correspondance » l'annonce suivante : « Jiacundo. Souscris à conditions énoncées. »

Le sous-secrétariat d'État aux Beaux-Arts transmet les lettres à la police. C'est alors que les choses se gâtent. Le *Journal* du 30 septembre fait paraître l'annonce suivante, concoctée par le commissaire Sébille, de la Sûreté générale : « Jiacundo, Bruxelles-Charleroi. Communication du 13 très intéressante. Êtes invité à donner nouvelles précisions. Forte récompense assurée en cas de succès. Écrire D.B.[48]. »

En même temps, tous les journaux parisiens annoncent l'envoi d'agents spéciaux en Belgique pour suivre une piste importante. Effet désastreux sur « Jiacundo » qui ne comprend plus rien. Il n'a jamais demandé de récompense. Il ne compte que sur la parole d'honneur de Dujardin-Beaumetz quant à l'impunité des jeunes coupables. Il envoie une nouvelle lettre rue de Valois, marquant son émotion et sa stupeur. La réponse ne tarde pas. On peut lire dans le *Journal* du 4 octobre : « Jiacundo, Bruxelles : conditions posées dans votre lettre du 1er courant sont acceptées sans réserves. Indiquez moyens de prendre contact avec vous. D.B. »

Du côté de la police qui tire dans la coulisse les ficelles de ce véritable roman-feuilleton, des doutes s'élèvent quant à l'opportunité de signer ces messages des initiales « D.B. ». Sébille craint que ces documents ne soient compromettants pour Dujardin-Beaumetz et incompatibles avec sa qualité de membre du gouvernement, tout en avouant que cette correspondance de Jiacundo l'intrigue au plus haut point[49]. Il décide donc de se rendre lui-même à Bruxelles dans le plus grand secret. Une nouvelle annonce paraît dans le *Journal* du 8 octobre : « Jiacundo, Bruxelles. Rassurez-vous pour Charleroi, donnerai explication de vive voix. Vous prie de fournir moyens d'entrer en relation avec vous dans votre pays. »

La police préfère le cueillir en Belgique avec ses complices.

Le 7 octobre, Picard se rend à Gand avec Snatager pour avoir une entrevue avec Nouts à son domicile, 24, quai de la Lys. C'est un immeuble malpropre de deux étages. De l'autre côté de la rivière, des usines de brique sale campent un misérable décor. La maison est étroitement surveillée depuis plusieurs jours par un policier français qui en a minutieusement inspecté les issues, pour prévenir toute tentative de fuite[50]. Le rez-de-chaussée est occupé par un estaminet dont les murs graisseux s'ornent de quelques images de piété et de tableaux noircis et écaillés. Une statuette de la Vierge tenant l'Enfant Jésus a échoué sur un vieux billard à neuf billes. C'est ici qu'aura lieu l'entrevue. « Ruamps » est reçu par une jeune femme qui se révèle être Mme Nouts. Son mari les rejoint bientôt. Ses amis, dit-il, ne sont pas encore décidés. Les journaux parlent trop de l'affaire. Et il tire de sa poche un numéro du *Vieux Gand* annonçant le départ de Sébille pour le Nord, sur les traces d'une nouvelle piste.

Les malfaiteurs ont-ils senti l'étau se resserrer autour d'eux ? Le travail de la police est constamment compromis par des indiscrétions des journalistes belges et français qui, jour après jour, tiennent leurs lecteurs informés des mouvements des inspecteurs français. Ruamps se fait pressant, et marque son étonnement de ne pas avoir reçu de réponse. Son « patron » ne peut plus attendre. Nouts va chercher le Jordaens. C'est un tableau d'environ 1,60 m de large, représentant une femme aux formes opulentes négligemment drapée dans un voile qu'un Amour indiscret soulève. A l'arrière-plan, un vieillard triste semble plongé dans ses pensées. Picard n'est pas expert en tableau mais, consciencieusement, il examine l'œuvre afin de pouvoir ensuite en fournir une description précise à son supérieur[51]. Ensuite, Nouts l'entraîne au café du Rabot où, après l'avoir laissé un moment seul, il revient avec un grand plat en argent ciselé orné d'une crucifixion.

Le 11 octobre, Smith et Ruamps se rendent à Gand à bord d'une voiture de maître avec chauffeur. Ils tentent une dernière démarche auprès de Nouts. Interrogé sur Jiacundo, celui-ci s'emporte : il ne ferait pas bon qu'un de ses complices s'avise d'opérer ainsi car il lui fracasserait plutôt la tête[52].

L'Américain ouvre incidemment son portefeuille et étale sous les yeux du malfaiteur plus de cent vingt mille francs en billets belges et français. L'effet escompté se produit : Nouts est décidé à revoir ses amis encore hésitants, et promet d'être de retour à dix-huit heures. Mis en verve par le paquet de billets, il s'apprête même à narrer les circonstances du vol : « Si je vous racontais comment on a fait le coup, vous ririez », mais passe sur-le-champ à un autre sujet. Voyant qu'ils ne peuvent obtenir mieux, les deux policiers mettent fin à l'entretien. « Smith », qui s'apprête à partir pour l'Angleterre, fait donner à Nouts son adresse londonienne. L'enjeu est considérable, il ne faut pas brusquer les choses...

Tandis que Cassellari et Picard sont les acteurs patients d'un feuilleton dont Nouts est pour l'instant le médiocre héros, Bruxelles se transforme en une véritable souricière. Les filatures se multiplient. On n'a toujours pas retrouvé Géry-Pieret, mais un homme lui ressemblant a été vu rôdant autour de la propriété de ses parents à Forest. Espérait-il y trouver refuge ? La maison est vide : sa mère et son beau-père sont en vacances à Aix-en-Provence, et ses deux frères, arrêtés pour vagabondage, sont toujours sous les verrous. Curieuse famille !

Plus dangereuse que l'excentrique secrétaire d'Apollinaire, la « bande à Pinon » préoccupe les polices belge et française qui tissent autour de ses membres une toile aussi serrée et aussi discrète que possible[53]. Pour sûr, Pinon a très bien pu faire le coup. Cet ancien cocher de remise qui se fait aussi appeler « l'Anglais » ou Langlet est un des malfaiteurs les plus rusés et les plus audacieux d'Europe. Son casier judiciaire est aussi vierge que les filles de la rue Saint-Denis : on n'y relève pas moins de vingt-quatre condamnations pour recel, ivresse, coups, outrages aux mœurs, insultes à la police et diffamation. Mais ce gros homme rusé aux yeux porcins, qui cache une bouche cruelle sous une volute de moustache, est parvenu jusque-là à échapper au bagne. Il n'a jamais passé plus de quelques mois en prison. Sa spécialité ? Le recel et la vente de tableaux volés. Parmi ses acolytes — un vrai ramassis de gibier de potence —, Van den Perre, officiellement restaurateur, marchand de tableaux et antiquaire, pourrait bien être le « gros » mentionné par Nouts. Il a quitté Bruxelles le 14 septembre dans l'après-midi, emportant sous son bras un panneau enveloppé. Pendant son absence, il a envoyé à son propriétaire une carte postale d'Aix-la-Chapelle. Rentré à Bruxelles le 20 sans le tableau, il s'est aussitôt rendu chez Pinon. Muni de son signalement, le commissaire de police mobile Robert tente de retrouver sa trace à Aix-la-Chapelle.

La bande compte encore Peypers, roi de la copie et du trucage de tableaux volés, inculpé dans l'affaire du vol du Frans Hals du musée d'Amsterdam ; Costaldi, soi-disant fils naturel d'un ministre roumain et « rentier » ; Defordt, antiquaire, dont on signale la présence à Aix-la-Chapelle et Cologne où il fourgue sa marchandise ; Théodore Holz, antiquaire de Cologne ; Ferrand, un « professionnel » actuellement en fuite. Et puis Otto Rosemberg, dit « le voleur de musée », originaire de Cologne où on ne l'a pas vu depuis longtemps. Les principales ressources de cet individu, désespoir d'une honorable famille, sont le vol et la tricherie au jeu. Un curieux personnage, tantôt misérablement vêtu en mendiant, tantôt élégant et menant grand train. Au Louvre, on a montré sa photographie à Sauvé, le plombier, qui a cru y reconnaître les traits de l'individu de l'escalier des Sept-Mètres. A l'exception toutefois des moustaches qui lui ont semblé un peu plus longues. A part ce détail, le signalement du voleur donné par Sauvé s'applique en tout point à Rosemberg qui devient le principal suspect.

Le commissaire Robert poursuit son enquête à Berlin, Cologne et Aix-la-Chapelle, interrogeant tous les antiquaires de ces villes. « Tout en étant, je crois, sur la bonne piste, nous sommes encore loin du panneau », écrit-il depuis Aix à Sébille le 27 septembre[54]. Dans un milieu aussi fermé que celui du commerce d'art ancien, qui lui est peu familier, ses investigations ne sont guère aisées. D'autant moins que les policiers allemands qui exécutent avec fracas la commission rogatoire du juge Drioux ordonnant des recherches sur leur territoire rendent toute découverte impossible. Les bouches se ferment comme des huîtres au contact du citron... Robert parvient toutefois à compléter le portrait de Pinon que lui ont brossé ses collègues belges. Ainsi l'antiquaire Steinmeyer de Cologne lui révèle qu'en trois ans, Pinon lui a proposé à la vente une cinquantaine de tableaux : à une exception près, tous étaient des faux. Selon Creutzer, d'Aix-la-Chapelle, un des plus gros antiquaires allemands, *la Joconde* est invendable et n'a été enlevée que dans le but de toucher une prime. Quant au bruit concernant le milliardaire américain Pierpont-Morgan, qui, selon certains journaux, aurait secrètement rencontré le voleur à Florence, c'est, d'après Creutzer, une fable. Aucun Américain n'achèterait *la Joconde*. Et surtout pas Pierpont-Morgan qui, lassé de se faire abuser sur l'authenticité des œuvres qu'on lui propose, n'achète plus que par l'intermédiaire de Seligmann, antiquaire à Paris. Et pour plus de sécurité, il ne paie que dix-huit mois après la livraison.

La plupart des antiquaires interrogés par Robert estiment que le voleur a dû, après avoir passé sur le tableau une couche isolante, faire recouvrir les traits de *la Joconde* d'un sujet quelconque pour pouvoir la transporter impunément. Imaginez le précieux sourire peinturluré d'un vulgaire paysage de sous-bois, attendant des jours meilleurs pour être débarbouillé ! Faudrait-il faire gratter tous les tableaux sur bois récemment peints dont le format s'approcherait de celui de la fugueuse du Louvre ?

Avant d'en arriver là, on suit des pistes, on remonte des filières. A Berlin, où l'affaire du Maroc a été détrônée dans les esprits par celle du vol de Paris, on s'intéresse à un certain Paul Muller, philologue de son état[55]. C'est le directeur de la Police criminelle allemande qui a obligeamment mis les Français sur cette piste. Il ne croit pas à un vol de professionnel mais plutôt à l'acte d'un malade. Pendant longtemps, le Dr Muller avait été chargé par son gouvernement d'étudier les collections des grands musées en vue d'un rapport officiel. Devenu fou, il a dérobé certains des tableaux qu'il était chargé d'étudier. Au Louvre, il a longuement analysé la collection des œuvres de Léonard. Au moment du vol de *la Joconde*, il n'était pas à Berlin. La police tente de reconstituer son itinéraire.

De Londres, où la disparition du chef-d'œuvre a suscité un grand émoi dans les populations, doublé, chez les experts, d'un peu de pitié pour cette belle fille si mal gardée, le pseudo-Harry Smith cultive sa filière gantoise. Son « secrétaire » écrit à Nouts des lettres où les notations touristiques se mêlent à d'amicales remontrances :

« J'ai fait une délicieuse promenade sur la Tamise à bord du yacht, qui est maintenant en parfait état, et je vous prie de croire que je ne regrette pas votre vieux Gand malgré tout le pittoresque qui s'en dégage. »

Plus loin, il enjoint Nouts d'écrire à Smith :

« Vous avez eu tort de ne pas lui envoyer un mot car je crois qu'il commence à douter de votre bonne foi et à se désintéresser de cette affaire qui jusqu'à présent ne lui a ménagé que des déceptions et lui a occasionné des frais et des fatigues inutiles[56]. »

Il faut dire que rue des Saussaies, on commence à voir d'un mauvais œil ces voyages dispendieux qui n'ont pas encore permis de recueillir la moindre preuve.

Par ailleurs, il faut calmer les craintes de Snatager qui semble se sentir évincé des tractations et croit sans doute qu'on veut l'empêcher de toucher les primes, d'où sa conduite étrange. Une rivalité a éclaté entre Snatager et son indicateur Van den Putte, un rapace qui préférera sans doute dénoncer l'affaire à la police belge plutôt que de ne toucher qu'une faible commission. C'est ce que les inspecteurs de la Sûreté générale redoutent le plus. Il suffit que l'affaire tombe entre les mains d'un commissaire hurluberlu comme Bayart, de Bruxelles (un ami de l'inspecteur Hamard), qui partira en guerre contre vents et marées et tout sera fichu par terre[57]. Il faut éviter à tout prix que la Sûreté parisienne mette son nez dans l'affaire. On a déjà assez de problèmes comme ça avec les journalistes, toujours aux basques des policiers. Et voilà que la piste bruxelloise vient également d'attirer deux détectives privés, Debischop et Calchas. Pour le compte de qui travaillent-ils ? Le piège patiemment tendu aux malfaiteurs risque d'être compromis. Aussi les policiers français ne les quittent-ils pas d'une semelle.

Le 14 octobre au soir, un commandant de la garde en retraite du nom de Rémy se présente à Bruxelles chez le procureur du roi[58]. Il se dit être l'auteur des lettres signées Jiacundo. Il a agi ainsi pour le compte d'un ami qui préfère rester dans l'ombre. Cet ami aurait rencontré fin août dans un établissement nocturne deux jeunes gens. Pris de boisson, ceux-ci lui ont déclaré être en possession de *la Joconde*. La filature du commandant Rémy ne fournira à la police aucun indice intéressant. Sébille donne l'ordre d'abandonner cet individu qu'on soupçonne d'être un fumiste ou un émissaire du *Petit Bleu*, un journal de Bruxelles qui a fait ses choux gras de l'affaire Jiacundo. Rémy a d'ailleurs déjà été condamné pour escroquerie. Quelques jours plus tard, un particulier trouve un morceau de papier dans le bois de la Cambre qu'il remet à un agent. C'est une feuille de petit format détachée d'un calepin de réclame pour le vermouth Cinzano. On y lit, inscrit au crayon : « *Joconde* à Bruxelles dans un souterrain de la grand'place[59]. »

Des recherches sont aussitôt menées sous le pavé de la Grand' Place, sans succès. La police belge s'aperçoit vite que l'affaire du billet trouvé n'est qu'une fumisterie. Et puis, enfin, on identifie l'ami du commandant Rémy. Il s'agit d'un capitaine en retraite, Barthélémy de Libert de Flémalle. L'affaire Jiacundo va gonfler le dossier déjà très épais des « Pistes suivies sans succès » à la Sûreté générale.

D'un local inoccupé situé en face du domicile de Pinon à Bruxelles, un commissaire de police épie les allées et venues des membres de la sinistre bande. Pendant des jours entiers, Pinon sort très peu, se contentant de faire de temps en temps une apparition à la fenêtre, en tenue négligée. Parfois il s'en va avec un complice, un paquet sous le bras, faire le tour de quelques antiquaires de sa connaissance et se livrer à des démarches louches. Un matin, il reçoit la visite d'un jeune homme rasé, vraisemblablement un pédéraste. Quelquefois, il se rend à l'estaminet voisin avec ses comparses pour s'abreuver d'absinthe. La première fois, un des policiers a emporté la « mominette » dans laquelle il a bu pour faire relever ses empreintes. Mais elles se révéleront inutilisables. Une autre fois, le cafetier, prévenu, s'arrange de telle sorte que Pinon saisisse le verre de la main gauche et prend garde que celui-ci ne soit pas manipulé par quelqu'un d'autre. Victoire ! L'empreinte du pouce est parfaitement réussie. Il ne reste qu'à l'envoyer à Bertillon pour la comparer à celle laissée sur la vitre de *la Joconde*.

Un jour, lors d'une filature, les policiers sont à deux doigts de se faire « brûler » par la bande. L'un des inspecteurs s'en explique à son supérieur. C'est à cause de Pierret, un nouveau « vraiment dangereusement novice par moment bien que sa bonne volonté soit évidente et mérite des compliments ». Est-il bien prudent, dans une affaire aussi grave, de lancer un débutant aux trousses de ces malfaiteurs. La femme Pinon qui s'est brusquement retournée après le départ de son mari les a peut-être vus. Il va falloir changer de tactique, changer de local aussi et en trouver un autre plus discret.

A Londres, Harry Archibald Smith coule des jours de millionnaire heureux, comme l'attestent les lettres qu'il adresse à son secrétaire, enluminées d'en-têtes de prestigieux établissements hôteliers[60]. « *I wish you could see* Mona *and tell me if it is not hurt* », lui écrit-il le 19 octobre. Son anglais n'est pas toujours irréprochable, mais gageons que Nouts, à qui les lettres sont montrées, s'en trouve pleinement satisfait. D'autant plus que, si l'affaire est conclue avant la fin du mois d'octobre, sa prime sera augmentée de dix mille francs. Nouts se montre de plus en plus confiant. Le 15 octobre, il a emmené Picard au Café du Lion d'Or, une sorte de tripot qui semble le lieu de réunion privilégié de gens peu recommandables. Il voulait lui montrer « l'associé » chez lequel se trouve le tableau, « un type très riche et très chic ». Mais ce jour-là, il n'est pas venu. A Londres, l'inspecteur Cassellari a même pris soin de faire imprimer un papier spécial à l'en-tête de son yacht imaginaire, le *Georgina*. Du beau travail certes, mais tout cela coûte de plus en plus cher. L'excellent inspecteur rassure ses supérieurs : « J'ai bien entendu eu soin de ne pas me faire voir de nos amis de Scotland Yard, mais en cas d'accident de cette nature, je dirai que je suis venu pour me documenter sur la traite des blanches, ce que je fais entre-temps[61]. »

Cher Cassellari ! Après tout, le sort de Mona Lisa n'est peut-être guère plus enviable que celui de ces filles bafouées, arrachées à leur foyer et catapultées sur les trottoirs de Constantinople.

L'introuvable

L'année s'achève sans qu'on ait retrouvé la moindre trace de *Mona Lisa*. Dans le Salon Carré, où le petit pan de mur vide est devenu le symbole de l'indignité nationale, un barbu, le *Bathazar Castiglione* de Raphaël, remplace la belle Florentine. L'enquête en Belgique et en Allemagne s'est soldée par un échec cuisant. Des perquisitions chez Nouts et sa famille, chez Pinon, Van den Putte et d'autres membres de la bande n'ont pas apporté le moindre indice. Le tableau de Jordaens que Nouts prétendait volé au Louvre appartient, en fait, au tenancier du Café du Rabot qui voulait s'en dessaisir... On en vient à se demander si ce dangereux gang mérite sa réputation. Quant au forçat évadé, au redoutable Rives, la police a fini par s'apercevoir qu'il est sagement retourné en juillet à bord de *la Loire* dans les bagnes de Guyane qu'il n'aurait jamais dû quitter, et ceci bien avant la date du vol. De Géry-Pieret, autre membre présumé d'une dangereuse organisation internationale dont l'existence se fait chaque jour plus improbable, on n'a toujours aucune nouvelle. Toutes les « pistes » ont cassé comme de minces filaments de verre entre les mains des policiers.

En Chine, la révolution met en péril le trône d'un empereur de cinq ans ; à Tripoli, des fusillades massives et d'effroyables massacres ont déclenché la guerre italo-turque ; à Leipzig, Mlle Thirion, institutrice française soupçonnée d'espionnage, a été condamnée à six mois de prison après être tombée dans un odieux traquenard. A Florence, au couvent de San Marco, on a volé la *Vierge à l'étoile*, chef-d'œuvre de Fra Angelico. Au Louvre, en dépit de l'enquête qui tombe en quenouille, on croit encore pouvoir retrouver *la Joconde*, même en l'absence de toute raison objective d'espérer son retour. L'énergique Pujalet a fait expérimenter un appareil automatique conçu par le serrurier de la banque de France. Cet ingénieux système permet de verrouiller ou de déverrouiller d'un coup de manette tous les tableaux se trouvant sur le même panneau. D'abord posé dans la Salle bolonaise, il sera ensuite appliqué à la Salle Rembrandt.

Le 6 décembre, lors de l'ouverture de la session parlementaire, le gouvernement est interpellé sur la question du vol de *la Joconde*. Les débats sont houleux. Les deux victimes expiatoires désignées par Dujardin-Beaumetz, Homolle et Gitenet, gardien chef, trouvent des partisans au centre et à droite. « J'ai ma conscience pour moi », lance le sous-secrétaire d'État mis en cause. Il fournit aux députés un interminable rapport sur le vol, sans pouvoir verser aucune pièce nouvelle au dossier. Sur le mode humoristique, Denys Cochin rappelle les qualités requises chez un directeur de musée :

« Il réunit dans sa seule personne, deux personnages bien différents. Je résume en un mot ses deux rôles : il est chargé d'empêcher les tiares de Saïtapharnès d'entrer, et d'empêcher *la Joconde* de sortir. *(Rires et Applaudissements.)* Le premier rôle ne peut être rempli que par un savant, très érudit, un artiste ; le second rôle par un bon gendarme. Ces deux qualités sont demandées au même homme. Peut-être est-il fort difficile de les réunir. »

Après un hommage au chef-d'œuvre de Léonard, ponctué d'un « C'est un amoureux qui l'a volée, il la rendra », lancé par Jaurès, Cochin ajoute : « Mais retrouverons-nous la vraie *Joconde* ? C'est ce qui m'effraye. Je suis effrayé lorsque je pense que des gens sont en ce moment occupés à copier toutes les craquelures du bois, du vernis. Il n'y aura pas seulement une *Joconde*, il y en aura cinq ou six, voilà ce que je redoute. »

Cette naïve obsession de la copie, du faux qui risque d'être rendu à la place de l'original sévit dans les plus hautes sphères.

Fin 1911, l'enquête piétine tant et si bien qu'on peut à bon droit se demander si elle se poursuit réellement. Quelques opérations sporadiques sont menées par les inspecteurs de la Sûreté, sans grande conviction. Le 13 janvier 1912, le commissaire Cassellari se rend à l'Asile de réformation morale de la rue Saint-Maur à Paris[62]. Une des pensionnaires semble avoir des déclarations intéressantes à faire concernant *la Joconde.* Il interroge donc la fille Germaine Terclavers en présence de la directrice. Elle est âgée de quatorze ans. Alors qu'elle était la maîtresse d'un certain Georges Nicolle, qui l'avait livrée à la prostitution, elle a surpris un étrange conciliabule entre son souteneur et un dénommé Maurice Dumas. C'était un soir, trois semaines avant le vol, au coin de la rue Orfila et de la rue des Pyrénées. Il était question de « préparer un coup sans se faire prendre », de « Louvre » et même de « Joconde ». Terclavers s'est refusée à faire le guet. Huit jours avant le vol, les mêmes personnes se trouvaient réunies pour un nouveau conciliabule. Elle a alors vu un trousseau de grosses clés. Sur la dénonciation de la malheureuse créature, on entreprend donc de rechercher Nicolle.

Ce malfaiteur fait piètre figure, comparé à la bande qui plonge la France tout entière dans l'horreur : les « bandits en automobile », ainsi qu'on les appelle, multiplient en effet les attentats. En mars, ils dévalisent la succursale de la Société générale à Chantilly, tuant sans pitié à plusieurs reprises. Dès le lendemain du crime, la Chambre, sur proposition du ministre de l'Intérieur, vote sans débat un crédit supplémentaire de huit cent mille francs pour renforcer les services de la Sûreté générale. Le 24 avril, ils assassinent le chef adjoint de la Sûreté, et blessent grièvement un de ses inspecteurs généraux. Le 4 mai enfin, leur chef, Bonnot, est tué dans un garage de Choisy-le-Roi. Deux semaines plus tard, les derniers membres de la bande sont abattus à Nogent-sur-Marne après un siège de neuf heures, grâce au renfort d'un régiment de zouaves.

Tragiquement frappée par ces criminels d'un genre nouveau, la Sûreté s'est dotée de moyens extraordinaires qui, malheureusement, ne font pas beaucoup progresser l'affaire de *la Joconde*. Pourtant, la justice suit son cours. Le 10 mai 1912, Géry-Pieret est condamné par contumace à dix ans de réclusion par la cour d'assises de la Seine pour avoir soustrait frauduleusement au préjudice de l'État français trois statuettes du musée du Louvre[63]. Lourde peine quand on pense que les statuettes ont été restituées. Mais un accusé en fuite n'impressionne jamais les magistrats de manière favorable. Dix ans pour trois statuettes dont les conservateurs eux-mêmes s'accordent à dire qu'elles n'ont qu'une valeur très modique... Il semble que le pauvre Pieret doive aussi payer pour son « collègue », le ravisseur de *la Joconde* dont on ne sait toujours rien.

Au Salon annuel de la Société des Artistes français, Louis Béroud rend hommage au tableau disparu en exposant *Au Salon Carré du Louvre : « la Joconde »*. Devant l'œuvre de Léonard, il a représenté sa boîte de couleurs et ses pinceaux, posés comme une offrande sur un tabouret.

En août, un sexagénaire du nom de Harold Rathbone, peintre demeurant à Llandudno au Pays de Galles, dépose à l'ambassade d'Angleterre faubourg Saint-Honoré un tableau représentant Mona Lisa[64]. L'ambassadeur lui accorde une entrevue pour le 2 août. La police est alertée. Des inspecteurs surveillent les abords de l'ambassade. Vers 11 h 15, un individu vêtu en touriste sort d'un taxi-auto et demande à voir l'ambassadeur. Il ressort une demi-heure plus tard. Un inspecteur l'interpelle et lui demande de le suivre. Rathbone est conduit rue des Saussaies où il est interrogé. Alertés, Pujalet et Leprieur se rendent à l'ambassade pour identifier le tableau. Non sans émotion, ils examinent soigneusement l'œuvre. C'est un panneau ancien, un peu plus grand que celui du Louvre. Hélas ! Cette Mona Lisa a les mains rouges. Et l'ensemble traduit une certaine vulgarité dans la facture. Harold Rathbone, déçu, pourra donc reprendre sa *Joconde*. Il l'avait récemment achetée chez Christie's pour 105 guinées, soit 2 750 francs, et avait fait les frais d'un inutile voyage à Paris.

Un certain Léonard V

Florence, 10 décembre 1913.

Baignée par une triste lumière hivernale, la ville se recroqueville derrière ses austères façades couleur de poussière. L'Arno charrie des torrents de boue. Un vent humide et glacé s'engouffre dans la via Borgognissanti déserte. Un homme pousse la porte du magasin de l'antiquaire Geri. Les murs tendus d'étoffe sombre sont couverts de tableaux encadrés. D'autres attendent sur des chevalets. Le sol est garni de tapis. La boutique respire le luxe discret d'un cabinet d'amateur élégamment désordonné. Alfredo Geri n'a jamais vu cet homme. Est-ce un futur client, un vendeur peut-être ? L'antiquaire obèse, sanglé dans un gilet foncé d'où s'échappe une énorme chaîne de montre, rejette en arrière son visage glabre d'empereur romain. Il toise l'inconnu. Il est plutôt maigre, ses lèvres charnues sont surmontées d'une grosse moustache noire. Ses vêtements sont corrects mais modestes et sans élégance. Un ouvrier probablement. Que veut-il ?

— Je suis Léonard.

Léonard ? Ah, oui, Léonard. Geri a reçu il y a quelque temps une lettre datée de Paris le 29 novembre dans laquelle un certain Léonard s'accusait d'avoir volé au Louvre *la Joconde*[65]. Il disait vouloir rendre à l'Italie un chef-d'œuvre pris par Napoléon. Cette restitution se ferait moyennant une « récompense » car lui, Léonard, ne disposait que de maigres ressources.

L'adresse fournie pour la réponse était la poste restante de la place de la République à Paris. Mi-intrigué, mi-amusé, Geri a montré en riant les lettres à son ami Poggi, directeur du musée des Offices, qui lui a conseillé de ne pas laisser ce mystérieux correspondant sans réponse. Un fou, un plaisantin sans doute, mais sait-on jamais ! Geri a donc envoyé une réponse favorable, priant Léonard de venir lui montrer sa *Joconde* en Italie, à Milan ou dans une ville de l'Italie du Nord qui lui conviendrait. Le 6 décembre une nouvelle lettre du voleur patriote parvenait à Geri. Elle était curieusement datée du 13 décembre et annonçait l'arrivée de Léonard à Milan pour le mercredi prochain 17, c'est-à-dire probablement le 10 décembre, car le signataire semblait décidément brouillé avec le calendrier. En accord avec Poggi, Geri demande alors un rendez-vous pour le 20. Mais voilà qu'hier mardi un télégramme a annoncé l'arrivée à Florence même de Léonard. Comme prévu, Léonard se trouve donc au rendez-vous qu'il a lui-même fixé à cet après-midi du 10 décembre.

« Et *la Joconde* ? demande aussitôt Geri.

— Je l'ai avec moi, dit Léonard.

— Mais c'est véritablement *la Joconde* ?

— Je vous le garantis, réplique-t-il la main sur le cœur. D'ailleurs, vous verrez.

— Où est-elle ?

— Elle est en sûreté. Je l'ai apportée en Italie en la cachant si bien qu'elle a pu échapper à la douane. »

Puis, sur le ton d'un homme qui a conscience d'accomplir un acte généreux à l'égard de sa patrie :

« Faites attention, je suis Italien et je n'entends pas que le tableau soit restitué au Louvre. Je veux qu'il figure à la Galerie des Offices. »

Pourquoi ne s'est-il pas directement adressé aux Offices ? Mystère. Il est vrai que Geri avait fait passer une annonce dans les grands quotidiens européens, se disant acheteur de tous beaux objets et tableaux. Ayant eu par ce biais une adresse de marchand italien, Léonard, qui semble être un pauvre bougre, a dû trouver plus simple de passer par cet intermédiaire. Suffisamment fin, et craignant peut-être encore de se trouver en présence d'un fou, Geri lui tend la main comme pour consentir complètement à ce qu'il demande :

« Moi aussi, je suis Italien. »

Léonard fixe alors le prix de sa « restitution » : il en veut cinq cent mille lires que bien entendu Geri se déclare prêt à payer.

« Naturellement, ajoute Geri, il ne me reste qu'à me mettre d'accord avec le directeur de la Galerie des Offices ; c'est un de mes amis qui certainement accueillera avec une grande satisfaction votre offre. »

Léonard fait alors un geste éloquent, qui semble dire « Je voudrais bien voir qu'il ne soit pas content » :

« C'est bien ! Parlez au directeur et fixez le prix qu'il me paiera la toile. J'espère qu'il ne lésinera pas sur la somme, car c'est un document de très grande valeur. »

Geri l'invite alors à revenir à 15 heures le lendemain. Comme convenu, Giovanni Poggi arrive le jeudi vers 15 heures chez l'antiquaire. Mais Léonard n'est pas encore là. Viendra-t-il ? L'affaire est-elle manquée ? Les deux hommes se sont maintenant pris au jeu. Chaque minute leur semble une heure. Enfin, à 15 h 15, Léonard les rejoint. Il se dit heureux de serrer la main de l'homme à qui incombe la charge du patrimoine de Florence. Mal à l'aise dans son rôle de conspirateur, Geri verrouille nerveusement la porte de sa galerie. Poggi est lui aussi très anxieux, sous ses dehors compassés d'homme du monde. Leur attitude contraste singulièrement avec celle de leur mystérieux compagnon, qui semble parfaitement indifférent. Arrivés à l'Albergo Tripoli-Italia, dont la modeste façade est encadrée par une devanture de fourrures et une autre de frivolités, toutes deux vieillottes, ils grimpent au deuxième étage et entrent dans la petite chambre de Léonard. Celui-ci, toujours soucieux de son intérêt, demande à Poggi :

« Le gouvernement vous a-t-il donné pleins pouvoirs pour traiter avec moi du prix ?

— Pleins pouvoirs, le rassure Poggi, et comme il s'agit d'une œuvre de Léonard de Vinci, je suis assuré que quelle que soit la somme dont je convienne avec vous, le gouvernement acceptera de la payer. »

On peut difficilement imaginer client plus conciliant. Puis, mort d'impatience, il lance :

« Et le tableau ?

— Le voici », dit Léonard.

Et il tire de son lit une caisse de bois blanc où se trouvent pêle-mêle des pinceaux, des outils de plâtrier, des blouses blanchies par la chaux. Il y a même une mandoline. Après avoir enlevé tout ce fatras, il découvre un objet enveloppé d'un morceau de velours rouge. Poggi et Geri le soulèvent en tremblant. Léonard a voyagé en chemin de fer depuis Paris avec cette caisse. Dans quel état vont-ils trouver le précieux panneau, s'il s'agit bien de lui ? Vite, ils le posent sur le lit et le développent.

Là, vautrée sur le couvre-pied douteux du petit lit de fer, dans cette chambre d'hôtel triste et blafarde, *la Joconde* sourit à nouveau, telle une apparition. Elle semble petite sans son cadre. Pour ôter à ses interlocuteurs le moindre doute qui pourrait subsister dans leur esprit, Léonard retourne le panneau. Ils lisent une inscription : « Du Rameau Garde des Tableaux à Versailles. » Puis ils approchent le panneau de la fenêtre pour le comparer à une photographie qu'ils ont apportée avec eux. Il n'y a pas de doute, c'est *elle*, intacte et merveilleusement conservée. Il faut maintenant la sortir d'ici. Poggi suggère alors à Léonard qu'il serait bon de transporter le tableau au musée des Offices afin de la comparer à d'autres œuvres du maître qui s'y trouvent conservées. L'homme hésite. Poggi ajoute que le directeur des Beaux-Arts, M. Ricci, va bientôt arriver, et que c'est avec lui que l'affaire sera traitée.

« S'il est authentique, il sera acheté pour une petite fortune », promet-il.

Ainsi alléché, Léonard accepte.

« Maintenant, je suis certain que c'est bien la vraie *Joconde*, dit Geri, mais puisque nous allons faire affaire ensemble, dites-moi au moins par qui et comment elle a été volée. »

Après quelques instants d'hésitation, Léonard avoue :

« Eh bien, c'est moi qui l'ai volée.

— Mais comment, la nuit ?

— Non, en plein jour. »

Et Léonard d'expliquer comment, le 21 août 1911, il est sorti du Louvre avec *la Joconde* sous le bras. Les trois hommes redescendent l'escalier de l'hôtel. Léonard a placé sous son pardessus le panneau toujours enveloppé de velours rouge. Au moment où ils arrivent devant le comptoir, le concierge se lève brusquement et lui demande :

« Qu'emportez-vous là ? »

Cet imbécile pense sans doute qu'il s'agit d'un des chromos qui décorent la chambre. Par sa faute, toute l'opération qui jusqu'ici s'est miraculeusement bien déroulée risque d'être compromise. Au comble de l'émotion, mais parfaitement maîtres de la situation, Poggi et Geri le rassurent de leur mieux. Ils peuvent sortir enfin. Les gravures de l'Albergo Tripoli-Italia sont mieux gardées que les chefs-d'œuvre du Louvre !

Au musée des Offices, où Léonard accepte de laisser en dépôt son précieux fardeau, Poggi s'enferme à double tour dans son cabinet de travail. Fouillant dans ses papiers, il sort d'autres photographies de *la Joconde* prises au Louvre. Plus la confrontation avance, plus sa certitude augmente. L'inscription au dos du tableau est bien conforme. Et puis il y a cette fissure réparée avec deux ailettes de bois et une bande de toile. Aucun doute n'est plus guère possible quant à l'authenticité du tableau apporté à Florence par Léonard dans sa caisse de bois blanc.

Le soir même, vers 19 heures, le questeur de Florence alerté par Poggi se rend à l'Albergo Tripoli-Italia, accompagné d'un commissaire de police et d'agents. Ils se font conduire à la chambre occupée par celui qui, dans les registres de l'hôtel, s'est fait inscrire sous le nom de Vincenzo Leonardi. Celui-ci est en train de boucler sa valise, s'apprêtant sans doute à partir.

« Vous êtes bien M. Léonard ? lui demande le commissaire.

— Parfaitement, répond l'autre. Et il ajoute, tout à son rêve de récompense : Vous êtes sans doute envoyés par l'antiquaire Geri ? »

Le commissaire lui fait connaître sa qualité et lui demande de le suivre dans sa voiture. Léonard n'offre aucune résistance.

Pendant le trajet, il évite de parler de *la Joconde*, se contentant d'émettre quelques opinions sur les conquérants et particulièrement sur Napoléon :

« Un grand capitaine, mais vraiment peu scrupuleux en matière d'œuvres d'art appartenant aux pays qu'il conquérait. »

Après l'avoir longuement interrogé, on le conduit à la prison des Murate. On trouvera sur lui la somme d'un franc et quatre-vingts centimes, pas même de quoi acquitter sa note d'hôtel. C'est qu'il comptait bien vendre « son » tableau, M. Léonard.

Nom : Peruggia ; prénom : Vincenzo ; né le 8 octobre 1881 à Dumenza, province de Côme ; profession : peintre en bâtiment ; taille : 1,61 m...[66] Sitôt connue, l'identité du voleur arrêté à Florence place la police française dans une situation humiliante. Parvenu par un mélange de ruse et de naïveté à décrocher *la Joconde* dans le Salon Carré, Peruggia n'a dû qu'à l'inqualifiable négligence du service de la Sûreté parisienne de vivre pendant plus de deux ans avec le chef-d'œuvre de Léonard, en toute impunité. En effet, dès le début de l'enquête, son nom figurait sur la liste des ouvriers ayant travaillé au Louvre peu avant la date du vol. Peruggia, comme beaucoup d'autres, a même été interrogé par un inspecteur. Mais convoqué à deux reprises par le service de l'identité judiciaire, il a négligé d'aller tremper ses doigts dans l'encre de M. Bertillon[67]... Avec une légèreté qu'on pourrait qualifier de criminelle si le tableau n'avait été retrouvé en bon état, le service de l'inspecteur Hamard n'a pas pris la peine de le faire rechercher. Aucun mandat d'amener n'a été dressé contre l'homme qui avait refusé de se prêter à cette indispensable formalité de l'anthropométrie. Or, le seul indice que possédait la police, c'était justement cette empreinte, un pouce un peu écrasé, que le voleur avait laissée sur la vitre de *la Joconde*. Aujourd'hui comparée à la fiche transmise par la police italienne, elle ne laisse aucun doute : c'est bien le pouce gauche de Peruggia.

Plus accablant encore pour les Français, Peruggia avait déjà fait l'objet de deux condamnations dans notre pays. Il était donc fiché chez Bertillon. Mais lors des recherches, l'anthropométrie n'a pas comparé systématiquement l'empreinte retrouvée au Louvre à celles des sept cent cinquante mille délinquants qu'elle possédait dans ses archives. Il aurait fallu que la Sûreté lui signalât la condamnation de Peruggia. Et à aucun moment le service de Bertillon n'a su que Peruggia avait travaillé au Louvre...

Directement mis en cause par la presse, Octave Hamard, ancien directeur de la Sûreté parisienne, ne se montre guère ému. Il déclare à un reporter du *Petit Parisien* :

« J'ai fait en cette affaire comme en toutes celles dont j'eus à m'occuper au cours de ma carrière, mon devoir entier. Quant aux accusations que l'on porte aujourd'hui contre moi, dites bien, je vous en prie, qu'elles me sont indifférentes, que je m'en moque[68]. »

Le juge Drioux, quant à lui, se contente de déclarer, avec un humour involontaire, que l'enquête « va bien entendu s'orienter maintenant sur les déclarations de Peruggia ». Et il ajoute : « L'enquête de la police est déjà, vous le pensez bien, commencée. »

Sur les boulevards et dans tout Paris, on s'arrache pendant la soirée de vendredi les éditions successives des journaux qui affichent en gros caractères : LA JOCONDE RETROUVÉE À FLORENCE. Les camelots chargés d'énormes piles de papiers sont dépouillés en quelques minutes. De toutes parts, les passants s'arrêtent malgré le froid pour lire les dernières nouvelles, dévorant leur journal à la lumière des devantures de cafés ou sous les becs de gaz. On s'exclame, on gesticule, on commente, on se repasse les feuilles. C'est la revanche des camelots qui, quarante-huit heures plus tôt, n'étaient pas parvenus à vendre le nouveau ministère Doumergue et sa déclaration.

Au Louvre, la nouvelle de la découverte du tableau et de l'arrestation du voleur est bien entendu accueillie avec une grande satisfaction. Une satisfaction qui ne parvient toutefois pas à masquer certaines réserves. Malgré la haute estime dans laquelle on tient Corrado Ricci, le directeur des Beaux-Arts italiens, on attend, avant de se livrer à la joie des retrouvailles prochaines, que le tableau soit formellement identifié par Leprieur, conservateur des tableaux du Louvre. Celui-ci déclare :

« J'ai hâte de voir moi-même le tableau. Son identification me sera d'autant plus facile que non seulement je connais dans ses moindres détails la peinture du Vinci, mais j'ai si souvent et de si près examiné le panneau qui la supporte que j'en sais par cœur les mille particularités. Prévoyant qu'un jour *la Joconde* serait retrouvée, j'avais eu soin, au lendemain de sa disparition, de noter tous mes souvenirs en un long rapport, déposé chez le notaire des musées nationaux. Ce document constituera un facteur d'identification, qui, je l'espère, sera d'ailleurs superflu. Mais le roman de ce chef-d'œuvre est si extraordinaire ; sa disparition mystérieuse, son retour inopiné à un moment où nous n'osions plus l'espérer tout cela est si étrange qu'on ne nous en voudra pas d'attendre quelques jours encore, avant de nous réjouir pleinement[69]. »

Toutes les fausses pistes et toutes les déclarations fantaisistes qui ont brouillé les cartes dès le lendemain du vol suffisent sans doute à justifier une telle prudence. Certains n'en accuseront pas moins Leprieur de « cracher sur le gigot ». Le brigadier Personne, lui, ne connaît pas ces réticences : « On m'aurait fait cadeau de cinq cents francs que je ne serais pas plus content », dit-il. Et d'ajouter : « Pourtant, je ne suis pas riche. » Le Conseil des ministres a été informé dès le 13 par Viviani, ministre de l'Instruction publique, de la découverte de *la Joconde.* Il décide d'envoyer en Italie Leprieur et Henry Marcel, nouveau directeur des musées nationaux, pour en prendre possession.

Mais, l'Italie en ayant manifesté le désir, *Mona Lisa* sera d'abord exposée à Florence, Rome et Milan avant de reprendre le train pour Paris.

A Florence justement, le 16 décembre, on commence à murmurer : « Ce n'est pas *la Joconde.* » Un peintre du nom de Galileo Chini a jeté le trouble dans les esprits. En procédant à un examen minutieux du tableau, il a remarqué que la peinture avait été retouchée en plusieurs endroits à une époque récente. L'émotion est grande. Il faudra toute l'autorité du directeur des

Offices, qui démontre que les photographies du tableau prises au Louvre mettent en évidence ces retouches, pour calmer l'opinion.

Qui est donc ce Peruggia, dont le visage épais, aux lourdes paupières somnolentes, est maintenant reproduit en première page de tous les journaux ? Malgré tout le talent des journalistes et des commentateurs, il est difficile d'en faire un héros ; il n'a pas même l'étoffe d'un second couteau de feuilleton. Il est désespérément médiocre et sans histoires. Même en pressant énergiquement ce qu'on parvient à reconstituer de sa biographie, on n'arrive pas à en extraire la moindre goutte de pittoresque, d'imprévu, de scandaleux. Il appartient à une honorable famille. Le père est maçon, la mère travaille aux champs, ses deux frères sont de bons ouvriers, sa sœur s'occupe de la maison. Son premier patron, un vernisseur de Milan, Giuseppe Badoni, conserve de lui le souvenir d'un ouvrier très doué, d'un caractère un peu étrange mais d'une grande honnêteté. Il n'y a rien à lui reprocher.

Peruggia travaille ensuite en France à plusieurs reprises, rentrant fréquemment dans son pays. A Mâcon, en 1908, il est condamné pour tentative de vol de tuyaux sur un chantier. Il est ivre. On trouve sur lui des cigares, des cigarettes, des allumettes italiennes et des cartes postales, obscènes pour la plupart. Il passe deux jours en prison. Le 24 janvier 1909, place de la République vers minuit, Peruggia aborde une prostituée du nom d'Abeille Kauffman. Sans préambule, il lui déclare :

« Tu es trop crâneuse, tu vas me donner ton pognon. »

Et comme la fille esquisse un geste de défense, il lui flanque un grand coup de poing et sort son couteau[70]. Port d'arme prohibé, agression contre une femme, tentative de vol : l'ouvrier est condamné à huit jours de prison et seize francs d'amende. Pas de viol donc, et encore moins de meurtre, à l'actif de ce minable Peruggia qui ne parvient pas même à dévaliser une fille publique. Mais comment un être aussi fruste, aussi complètement inculte, a-t-il eu l'idée de voler *la Joconde* ? Comment a-t-il même eu connaissance de l'existence de l'énigmatique Florentine, qui règne sur un monde apparemment inaccessible au petit ouvrier Peruggia ? Mona Lisa est en fait une vieille connaissance, il l'a même eue entre ses mains. En arrivant à Paris, il avait en effet travaillé chez un certain Gobier, entrepreneur de peinture et vitrerie rue des Écluses-Saint-Martin où on le considérait, là encore, comme un bon ouvrier. Gobier le céda à son frère, qui exerçait la même spécialité rue Saint-Honoré. Le contremaître Albert Cheminade, qui connaissait bien l'Italien, se rappelle :

« Peruggia est resté à notre service environ trois ans et demi. C'était un travailleur zélé, et nous avions pour lui une certaine considération. Il connaissait très bien la vitrerie, la pose des glaces, et c'est son habileté de bricoleur qui nous le fit choisir pour effectuer certains travaux au Louvre. A la suite de divers actes de vandalisme commis dans le musée, l'administration des musées nationaux fit mettre sous verres les peintures les plus précieuses. Notre maison, qui depuis Louis-Philippe a la clientèle du Louvre, fut naturellement chargée de ce travail. Pendant trois mois, de novembre à janvier des années 1910 et 1911, nous avons placé environ seize cents glaces sur les tableaux.

Mais on cria au vandalisme, et une campagne de presse mit fin aux travaux. Plusieurs glaces furent même retirées de certains tableaux. C'est en 1910 que Vincenzo Peruggia vint avec moi au Louvre, et c'est cette année que *la Joconde* fut mise sous glace. Nous étions quatre occupés à ce travail minutieux entre tous : M. Daury, encadreur du musée ; M. Pavard, également de l'administration ; Peruggia et moi. Ce ne fut pas sans une certaine émotion que nous fîmes cette opération, car les plus grandes précautions nous avaient été recommandées. Après avoir enlevé le cadre, l'épais panneau apparut rugueux et fruste à l'envers. Des trous de vers laissaient échapper une fine poussière jaune, qui nous donna par la suite beaucoup de travail. Une feuillure pratiquée dans le cadre reçut la glace, qui fut maintenue par quatre simples vis dans le haut. L'œuvre, complètement enfermée dans une solide boîte en bois, fut alors adaptée sur le cadre. Nous plaçâmes des épaisseurs de carton entre la glace et la peinture pour l'isoler, puis il ne resta plus qu'à visser six pattes de fer pour fermer le tout. Le raccord fut recouvert de bandes de papier pour empêcher la poussière de pénétrer et c'est spécialement à ce travail qu'était employé Peruggia. Il put très facilement se rendre compte comment il fallait faire pour enlever le panneau, car cette poussière, dont je vous ai parlé, tombant sur la glace de l'extérieur pendant les manipulations, nous obligea à plusieurs reprises à recommencer le travail. Et cela explique la facilité avec laquelle il mena l'opération. L'Italien se tenait au courant des événements du jour ; aux heures de repos, il dévorait des liasses de journaux italiens ou français. Son caractère me semble assez difficile à définir. Sauvage, renfermé, il causait peu avec ses camarades, mais souvent il riait avec les jeunes voisines de l'atelier. Le mutisme qu'il observait avec les autres ouvriers l'empêchait, contrairement à ce que l'on a dit, de se ménager des intelligences parmi eux. Lorsqu'il nous quitta, le 8 juillet 1911, pour se mettre en grève, car il était syndiqué, il ne reparut plus à l'atelier. Ce qui prouve qu'il n'avait aucune relation dans le musée, c'est que personne ne l'a vu le jour du vol ; le contraire se serait certainement produit si on l'avait connu[71]. »

Comment l'enquête avait-elle pu négliger la piste des vitriers ? La maîtrise avec laquelle le tableau avait été sorti de son cadre ne constituait-elle pas une sorte de « signature » ? Un conservateur du Louvre détaché au musée de Boston, Jean Guiffrey, écrivait dès le 15 octobre 1911 à son collègue Pierre Marcel pour lui suggérer de faire contrôler l'emploi du temps de ces ouvriers. Marcel en fit part à Pujalet qui le renvoya vers le juge Drioux qui promit de donner des ordres à la police[72]... De son côté, Paul Leprieur décida de mener sa propre enquête. Il appela le contremaître miroitier et obtint de lui la liste de ses collaborateurs. Le nom de Peruggia y figurait mais il ne travaillait plus dans la même maison. Leprieur poussa le zèle jusqu'à rechercher son nouvel atelier et transmit au juge le résultat de son investigation. Mais une fois de plus, cette recherche resta lettre morte. Les conservateurs, gardiens du temple, avaient laissé voler l'idole. Leur indignité était telle aux yeux des policiers et des magistrats que leurs déductions les plus ingénieuses et les mieux fondées rejoignirent immédiatement la corbeille à papiers.

Samedi 13 décembre, à 16 heures, un taxi-auto s'arrête devant la grille de la cité Héron, au 5 de la rue de l'Hôpital-Saint-Louis. Le commissaire Niclausse, de la Police judiciaire, en sort avec son secrétaire et deux inspecteurs. Impasse mal pavée que ferme, le soir, une grille rouillée, la cité Héron exhale l'odeur d'absinthe et d'urine des quartiers pauvres. Elle est bordée sur un côté par un médiocre bâtiment de trois étages.

On gravit l'escalier n° 3. Au second étage, le commissaire fait forcer la porte de la chambre 63 par le serrurier. Celui-ci doit s'y reprendre à deux fois. La chambre, louée par Peruggia pour cent quatre-vingts francs par an — un locataire sans histoires, payant régulièrement son loyer, dira la concierge —, est en désordre. Le petit lit de fer est à moitié défait. Des journaux français et italiens sont éparpillés pêle-mêle. Sur l'unique chaise de paille, un tas informe de paperasses émerge d'une boîte. Des vases probablement gagnés à la loterie d'une foire garnissent une étagère. Une porte donne accès à un petit cabinet de débarras, très désordonné lui aussi. Après avoir brillé dans le cabinet doré de Fontainebleau et dans les appartements du roi à Versailles, après avoir partagé la chambre de Napoléon aux Tuileries, Mona Lisa a donc vécu là, entre le cagibi et le lit-cage de Peruggia... Une cuvette de zinc trône sur un tabouret. Unique témoin des goûts artistiques de l'occupant de ce réduit misérable, un cadre avec une photographie de la cathédrale de Milan est posé sur la table à tout faire. Niclausse fait emporter tout ce qui semble être utile à l'instruction. Les policiers perquisitionnent ensuite chez Giovanni Peruggia, cousin de l'inculpé, et sa femme. L'homme déclare :

« Depuis quelques jours, Vincenzo nous avait dit qu'il allait être obligé de se rendre en Italie pour une affaire importante. Mercredi, il a demandé à ma femme, qui le blanchissait, de préparer en toute hâte son linge et de le mettre dans sa valise car il devait partir ce soir-là. Depuis, nous n'avons pas eu de ses nouvelles. Célibataire, Vincenzo mène une vie très régulière. C'est un garçon très sérieux, un solitaire même. Sa journée finie, il venait bavarder chez nous. Je ne lui connais aucun ami à Paris en dehors de nous. Je ne sais s'il a travaillé au Louvre pour le compte d'un de ses patrons. »

Les inspecteurs se rendent ensuite chez deux autres cousins, Giuseppe et Antonio Peruggia, qui habitent également l'immeuble. Ils sont rentrés à Dumenza pour régler une affaire d'héritage. On force donc la porte. La petite cité ouvrière de la rue de l'Hôpital-Saint-Louis attire bientôt une nuée de journalistes. Tous espèrent voir « l'infâme réduit » où le tableau fut séquestré. A l'un d'eux, Giovanni Peruggia accepte de livrer encore quelques détails sur le voleur :

« Nous ne comprenons pas comment ce garçon, qui était sage, économe et travailleur, s'est rendu coupable d'un acte semblable. Jamais, dans les entretiens que nous avions quotidiennement ensemble, il ne nous a soufflé mot de *la Joconde.* Bien sûr, après qu'elle eut disparu du Louvre, nous en avons parlé. Il donnait son avis comme n'importe lequel d'entre nous, l'air d'ailleurs peu intéressé et parfaitement indifférent. Jamais, ni dans sa façon d'être, ni dans son langage, nous n'avons surpris la moindre chose de nature à nous intriguer. Il a fait preuve, jusqu'au dernier moment, d'une force de caractère et d'un esprit de dissimulation vraiment extraordinaire. »

Galli, le restaurateur de la rue Richerand, en face de l'hôpital Saint-Louis, connaît bien Peruggia. C'est chez lui que toute la petite communauté d'ouvriers italiens vient prendre ses repas. Il n'en croit pas ses oreilles :

« Vincenzo, avoir volé *la Joconde* ? Mais c'est fou, ça ne peut pas être vrai. Un garçon si sage, presque insignifiant. Je l'ai vu pour la dernière fois dimanche. Après dîner, il a donné cent sous à la bonne : ça nous a paru peu ordinaire. Puis il a parlé, plus que de coutume. " Vous allez voir, disait-il, que la fortune va m'arriver ; qu'est-ce que vous diriez si je faisais un gros coup qui attire à moi les millions ? En attendant, je vais partir. J'irai à Naples, à Venise, à Rome, puis, si ça me chante, dans les Balkans. " »

Parmi toute la paperasse saisie chez Vincenzo Peruggia, on

découvre des cartes postales et des caricatures de *la Joconde* et sa carte de la Confédération générale du travail. Il y a aussi quatre-vingt-treize lettres signées d'une certaine Mathilde, de toute évidence sa maîtresse. C'est une femme de chambre étrangère, peut-être allemande. Elle est immédiatement recherchée. La découverte de cette liaison, ignorée de toute la petite colonie italienne de la rue de l'Hôpital-Saint-Louis, révèle chez Peruggia un grand talent pour la dissimulation. Ses amis ne lui connaissaient aucun « béguin » et pour cette raison l'avaient surnommé « la petite fille ».

Les autres papiers soigneusement examinés par le juge d'instruction ne livrent pas le nom d'un éventuel complice. En revanche, une série de carnets de blanchisserie établit clairement que le vol a été prémédité. Ils contiennent en effet le nom de marchands et d'antiquaires, notamment à Naples, Rome, Gênes et Florence (le nom de Geri y figure), soigneusement consignés en 1912 sous la rubrique « *Antiquari* ». Par ailleurs, on trouve également, à la date du 28 décembre 1910, l'adresse de trois milliardaires américains : Pierpont-Morgan, Carnegie et Rockefeller. D'autres feuillets contiennent des indications sur des négociants en objets d'art de Hambourg, Berlin, Francfort et aussi Paris.

Tandis que la police recherche « Mathilde », la presse titre sur « les amours de Peruggia » et bâtit de savoureux récits autour de « la jolie fille coiffée comme Mona Lisa ». *Le Petit Parisien* du 15 décembre raconte leur idylle : « Au cours d'une promenade au Jardin des Plantes, Peruggia avait fait la rencontre d'un de ses compatriotes, Giulio Bonario, Milanais d'origine, ouvrier parqueteur, venu à Paris à la suite d'ennuis divers survenus, dans son pays, entre lui et des maris jaloux. Bonario était accompagné d'une très jolie fille d'environ dix-huit ans, blonde, svelte, coiffée en bandeaux. On alla dîner ensemble et l'on acheva la soirée dans un bal du quartier des Halles. A la sortie, une querelle s'éleva entre Bonario et son amie. A bout d'arguments, le parqueteur plongea son couteau dans la poitrine de la jeune fille. Puis il s'enfuit. Vincent

Peruggia prit sa succession. La blessée devint sa maîtresse préférée. Comme elle était d'une rare beauté, il la montra volontiers à ses amis.

C'est ainsi que le couple fut remarqué dans les établissements fréquentés par les Italiens autour de l'hôpital Saint-Louis, à la Villette et près du Jardin des Plantes. La jeune fille n'était autre que " Mathilde ". Elle a disparu de Paris depuis plusieurs mois. »

Enfin Mathilde est retrouvée. Elle se nomme Mathilde Deutschmann. C'est la fille d'un boucher de Strasbourg. Elle est cuisinière et demeure à Rueil, 99 avenue du Chemin-de-Fer. Le commissaire Fournier recueille sa déposition le 17 décembre[73].

Elle est blonde, petite, elle a vingt ans. Elle parle avec un fort accent. Elle est née à Haguenau. Arrivée à Paris en septembre 1912, elle a été placée le 26 de ce mois chez un médecin de la rue des Francs-Bourgeois. C'est là qu'elle a fait la connaissance de l'inculpé qui faisait partie d'une équipe de peintres travaillant dans la maison. Puis elle a été placée à Rueil. Elle avait alors un dimanche de sortie par mois, qu'elle employait à rejoindre Peruggia à un rendez-vous qu'il lui fixait à Paris. Elle reconnaît être allée une douzaine de fois dans sa chambre de la rue de l'Hôpital-Saint-Louis.

« Je me souviens que le 7 mai 1913, m'étant rendue dans sa chambre, j'ai remarqué une caisse en bois blanc d'environ un mètre par soixante centimètres et soixante de haut, placée entre la cheminée et la porte. Il me dit l'avoir confectionnée lui-même pour y placer ses habits et éviter toutes réflexions de ma part relativement au désordre qui régnait habituellement dans sa chambre. J'ai trouvé que cette caisse était peu pratique pour un tel usage et je lui ai dit que j'entendais une fois mariée ne pas la conserver. Il a répondu évasivement et que lorsqu'elle serait terminée il la peindrait. »

L'été dernier, entrée au service de la marquise de La Tourette au château de Saint-Martin dans l'Isère, elle a fait la connaissance de Joseph Maggi, valet de chambre originaire de Nice, qu'elle se dispose à épouser. « Comme les manières et la façon de vivre de Peruggia ne me plaisaient pas, j'ai rompu », dit-elle. Elle avait trouvé dans la chambre des lettres récentes d'autres femmes. Peruggia, ajoute-t-elle, ne lui a jamais parlé de tableaux, de musées, d'objets d'art ou autres. Il lui semble improbable qu'il ait pu cacher quoi que ce fût dans sa chambre, vu l'exiguïté de celle-ci. Elle lui connaissait comme amis la famille Lancelotti. Ils étaient très intimes. Peruggia mangeait chez eux et la femme blanchissait son linge. Non, ils ne parlaient jamais ni peintures ni musées entre eux. Mais la brave fille ajoute naïvement : « D'ailleurs, ils parlaient la plupart du temps en italien... »

L'Alsacienne dans laquelle les esprits romantiques voulaient voir une réincarnation de *Mona Lisa* est restée parfaitement étrangère au vol. Elle ne sera pas arrêtée.

A Florence, interrogé par la police puis par le juge d'instruction, Peruggia parle sans se faire prier. Il se lance dans de longues tirades ampoulées, n'hésitant pas à se draper dans une dignité toute patriotique :

« Je suis décorateur, c'est-à-dire, dans une certaine mesure, un artiste, moi aussi. Or j'ai vu la France riche de nombreuses œuvres dues à notre génie. En ma qualité de décorateur, j'ai été attaché avec d'autres ouvriers français au musée du Louvre. Aussi plusieurs fois me suis-je arrêté devant le tableau de Léonard de Vinci, dans lequel est si vive l'expression de notre art, du bel art italien, que personne ne réussira jamais à surpasser. J'étais également humilié de voir là-bas, sur le sol étranger, cette œuvre considérée comme un objet de conquête, et j'étais mortifié de la voir regardée désormais comme une gloire française. [...] Je pensai en moi-même que ce serait une belle action que de rendre à l'Italie le grand chef-d'œuvre. C'est alors que je conçus l'idée du vol. [...] Le panneau peint par le grand Italien, libre de son cadre, ne pouvait être que d'un poids léger pour un Italien [...]

Un matin, je me rendis auprès de mes amis décorateurs, qui travaillaient encore au Louvre, et j'échangeai quelques paroles avec eux dans le plus grand calme. Je profitai d'un moment de distraction pour m'éloigner d'eux et j'entrai dans la salle où se trouvait *la Joconde*. La salle était déserte et *la Joconde* me souriait. J'étais désormais bien décidé à la voler. En un rien de temps j'eus décroché le tableau du mur. J'enlevai le cadre et je me rendis aussitôt sous un escalier que je connaissais et l'y déposai. Je le répète, il ne me fallut que quelques instants pour exécuter mon vol. Quelques minutes après, je retournai dans la salle de *la Joconde*. Je pris alors le tableau et le cachai sous ma blouse. Puis je m'en allai sans éveiller aucun soupçon. En effet, personne ne m'avait vu. Personne ne me soupçonna jamais. Personne n'a jamais pensé à l'hypothèse la plus simple, à celle que le vol pouvait avoir été commis par un pauvre diable comme moi, qui certes voudrait en tirer profit, mais cependant animé d'un très grand respect pour l'œuvre immortelle. J'ai gardé la toile deux ans et demi chez moi, comme une chose sacrée. Je n'osai la tirer de sa cachette, craignant à tout instant d'être arrêté[74]. »

Comme tous les Italiens, du prince au manant, Peruggia ne peut se défendre d'une certaine rancœur à l'égard de la France qui, sous la Révolution et l'Empire, a fait main basse sur les plus grands chefs-d'œuvre des collections italiennes. Peu importe que, pour la plupart, ces trésors aient été restitués après 1815. L'image des chars tirés par des bœufs, remplis de sculptures antiques, de vases précieux, de Raphaël et de Titien, s'est gravée à jamais dans la conscience italienne. Peu importe que *la Joconde* ait été achetée par François Ier et non conquise par Napoléon. Peruggia assouvit une vengeance ancestrale en volant au Louvre un tableau italien. Après tout, s'il s'agissait d'un crime purement crapuleux, il aurait pu tout aussi bien voler un petit Rembrandt ou un minuscule Watteau... Mais, au fait, pourquoi *la Joconde* ?

Il raconte avec une désarmante naïveté comment l'idée lui vint de choisir Mona Lisa plutôt qu'un autre tableau :

« Un jour que je travaillais à certains travaux de revêtements muraux dans une salle du Louvre, j'entendis une conversation qui attira tout de suite mon attention. Un groupe de visiteurs arrêtés près de l'endroit où je travaillais étaient en admiration devant un tableau de l'école italienne.

— Quelle merveille que ce tableau ! disaient-ils. Quelle fortune pour un musée que de le posséder !

Quand ils furent partis, j'allai regarder le tableau qui les avait tant émerveillés. C'était le *Parnasse*, de Mantegna. Une idée me vint alors : si je possédais ce tableau ? Et c'est ainsi que cette idée se développant peu à peu en moi, j'en vins à examiner les moyens d'exécution.

— N'importe comment, me dis-je, il faut que tu dérobes le *Parnasse* de Mantegna.

Mais sur ces entrefaites, j'entendis de nouvelles conversations entre d'autres visiteurs, dont certains étaient arrêtés devant *la Joconde*.

— Voilà bien, disaient-ils, la plus belle des merveilles. C'est bien là la plus grande richesse du musée.

Dès lors, je renonçai au *Parnasse* et c'est sur *la Joconde* que je résolus de porter tous mes efforts[75]. »

Italien arrêté dans son propre pays, Peruggia ne pourra pas être extradé. Il sera donc jugé à Florence. En Italie, l'opinion publique se laisse attendrir par ce brave garçon dont le geste spectaculaire est considéré comme généreux et patriotique. On parle même d'ouvrir une souscription en sa faveur, pour lui permettre de choisir un bon avocat et pour améliorer les conditions de sa détention. Des dons commencent déjà à lui parvenir. L'enquête menée par la police auprès de ses amis et de sa famille à Dumenza permet de préciser, par petites touches, le portrait de ce délinquant un peu falot. Son départ pour Paris n'a pas été sans causer de grandes inquiétudes à ses parents. La rareté de ses nouvelles, puis l'arrêt de tout envoi d'argent au pays n'ont rien fait pour apaiser ces inquiétudes. A plusieurs reprises, M. Peruggia père a donc adressé au fils ingrat des lettres de reproche. Au mois d'octobre 1912, alors que son concubinage avec Mona Lisa durait depuis un an et deux mois déjà, Peruggia adressait à ses parents une lettre où perçait l'espoir d'améliorer prochainement sa situation matérielle, et la leur par la même occasion :

« Vous me dites que ma conduite à votre égard n'est pas celle d'un vrai fils ; pourtant si vous saviez, vous ne douteriez pas de moi. Dans ma façon d'agir, il y a un secret que je ne puis vous révéler. Tout ce que je puis vous dire, c'est qu'en mai ou en juin prochain je quitterai Paris et je ne reviendrai jamais plus en France. Ferai-je à ce moment un autre voyage ? Je ne le sais pas encore. En tout cas, ne vous inquiétez pas de moi, car j'ai mon but et sais ce que je fais. Mon espoir est de revenir chez vous et d'y rester toujours. Je vous aime beaucoup et j'espère faire votre fortune. Pour l'instant je me porte bien et tâchez d'en faire autant. Bientôt je vous aurai fait riches tous les deux[76]. »

A Dumenza, les langues se délient. Des camarades d'enfance de Peruggia se rappellent qu'il aimait vivre largement sans se donner de peine. Au moment de quitter la petite ville pour aller travailler à Milan, il avait déclaré : « Aujourd'hui je quitte le pays à pied. C'est en automobile que je veux y revenir. »

Interrogés par le lieutenant de carabiniers de Luino, le chef-lieu de canton dont dépend Dumenza, les frères Giacomo et Giovanni Mori, qui vivaient avec Peruggia dans la cité de la rue de l'Hôpital-Saint-Louis, se rappellent :

« Peruggia nous parut toujours un déséquilibré. Il dépensait à tort et à travers l'argent qu'il gagnait. Il affichait devant nous une passion qui, de sa part, semblait une pose. C'était celle de visiter les musées tous les dimanches, au lieu de venir avec nous et de prendre part à nos réunions. Il nous quittait sous prétexte d'aller se promener soit au Louvre, soit au musée de Versailles, soit en tout autre musée. " C'est là ma seule distraction, disait-il, car je place l'art au-dessus de tout. " Cependant il y eut, pendant notre séjour, un détail qui ne nous échappa pas, encore que nous n'ayons pu en tirer aucune conclusion. Lorsque la nouvelle du vol de *la Joconde* se répandit à Paris — ce qui causa dans notre milieu une grosse émotion, car tous nous connaissions, tout au moins de réputation, le tableau célèbre de notre plus illustre compatriote —, plusieurs des habitants de la petite colonie italienne travaillaient au Louvre. La police était même venue les interroger. Bref on parla longuement du vol dans tous les milieux, chacun de nous émit des hypothèses. Or Peruggia — cela frappa mes compagnons —, lui qui était le premier à prendre part à nos conversations lorsqu'elles roulaient sur les œuvres d'art, ne fit aucune réflexion ; on eût dit qu'il évitait de parler sur ce sujet[77]. »

Quelque temps plus tard, ajoutent les frères Mori, Peruggia quitta brusquement Paris sans dire où il allait. Il annonçait qu'il reviendrait sous peu à Paris, mais riche cette fois. Peu de jours après son départ, ils reçurent des cartes postales de Peruggia. Elles étaient datées de Londres. Ses démarches en Angleterre durent rester infructueuses puisqu'il réapparut à Paris quelques semaines plus tard et reprit son ancien métier. Le 12 décembre, Giovanni Mori qui était rentré à Dumenza reçut une carte postale signée Vincenzo Peruggia et datée de Florence, 11 décembre. Cette carte, saisie par la police, indiquait qu'il était venu à Florence pour visiter cette ville « où tout est art et merveilles », qu'il comptait se rendre à Venise puis en Australie, pays qu'il désirait connaître.

L'enquête menée à Luino révéla un autre fait curieux. Quelque temps auparavant, alors que la lutte électorale battait son plein en Italie, une étrange lettre était parvenue au comité électoral d'un des candidats. Datée de Paris et seulement signée des initiales L.V., elle proposait de procurer à ce candidat l'honneur de rendre à sa patrie un chef-d'œuvre de l'art italien : « Il s'agit de *la Joconde*, mais il va sans dire que pour obtenir cet honneur, beaucoup d'argent sera nécessaire. »

Ce « patriote » avait un sens très aigu de ses intérêts...

N° 281 — LE NUMERO QUOTIDIEN : 10 Cent. ★ — MERCREDI 23 AOUT 1911

•EXCELSIOR•

Journal Illustré Quotidien

Directeur : Pierre LAFITTE

France : *Un An* : 35 fr. - 6 *Mois* : 18 fr. - 3 *Mois* : 10 fr.
Étranger : *Un An* : 70 fr. - 6 *Mois* : 36 fr. - 3 *Mois* : 20 fr.

Informations - Littérature - Sciences - Arts - Sports - Théâtres - Elégances

88, Champs-Elysées, PARIS
TÉLÉPHONES
5 Lignes : 557-44, 557-45, 528-64, 528-66, 528-68
Adresse Télégraphique : EXCEL - PARIS

DÉPÔT LÉ[GAL] Seine N° 1911

LE LOUVRE A PERDU LA "JOCONDE"

1 2 3 4 5 6 7 8

Une rumeur inquiétait tout Paris, hier après midi... Le Louvre avait perdu la *Joconde*. Monna Lisa ne souriait plus dans le Salon carré, et à la place de son tranquille visage, il n'y avait plus qu'un mur. Où est-elle ? Qui l'a ravie ? Hier soir, on ne le savait pas encore et on se livrait à des hypothèses plus ou moins vraisemblables. Il est un fait certain : c'est que le Louvre est insuffisamment gardé. La disparition de la *Joconde* en fournit une preuve lamentable, et nombreux sont ceux qui espèrent qu'après l'avoir retrouvée cette leçon portera ses fruits.

1. La « Joconde », le chef-d'œuvre de Léonard de Vinci. — 2. M. Homolle, conservateur du musée du Louvre. — 3. M. Hamard, chef de la Sûreté, qui, à partir de une heure de l'après-midi, fit interdire l'accès du Louvre. — 4. L'échafaudage permanent du Louvre... 5. qui peut servir au besoin à enlever quelque merveille. — 6. Vue extérieure du musée du Louvre. — 7. La presse, dans la cour du Louvre, commente la nouvelle. — 8. « Quelle histoire ! » pense M. Lépine en quittant le Louvre.

1. *Excelsior*, 23 août 1911 : le Louvre a perdu *la Joconde*, montage photographique.

Le vol de la “Joconde”

On n’a retrouvé encore ni le tableau
ni les traces du voleur

MAIS LES RESPONSABILITÉS COMMENCENT A SE PRÉCISER

M. Hamard M. Cruppi M. Lépine

MM. Cruppi, Lépine et Hamard sont perplexes

2. *Le Matin*, 31 août 1911 : photo du préfet Lépine, de l’inspecteur Hamard et du ministre de la Justice, M. Cruppi, « perplexes ».

L'affaire Apollinaire à l'instruction

M. GUILLAUME APOLLINAIRE, *inculpé, ainsi qu'on le sait, dans l'affaire du vol des statuettes phéniciennes du Musée du Louvre, a été interrogé, hier, par le juge d'instruction Drioux. A la suite de cet interrogatoire, il a été remis en liberté. Le voici, avec ses avocats, attendant d'être introduit chez le juge.*

A. M. APOLLINAIRE. — *B.* Me JOSÉ THÉRY. — *C.* Me FRAISSE.

(Central-Photos.)

3. *Excelsior*, 13 septembre 1911 : Apollinaire au Palais de Justice.

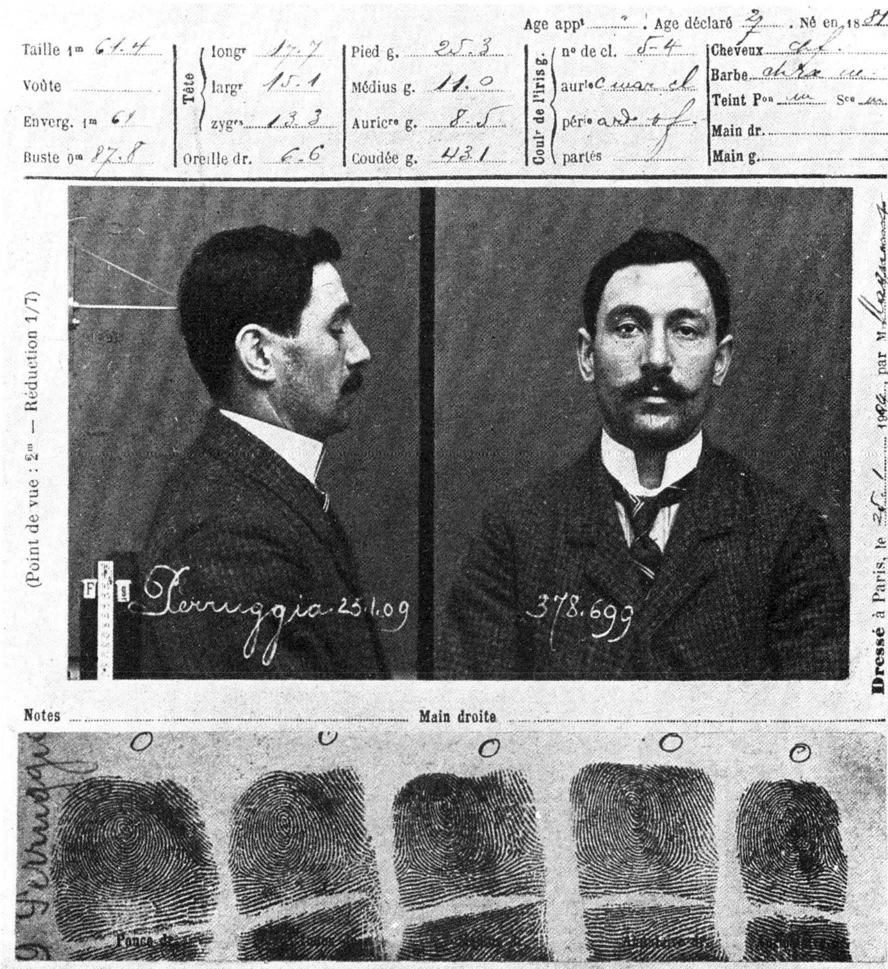

4. Verso de la fiche anthropométrique de Vincenzo Peruggia.

5. La Cité Héron à Paris où Peruggia a caché *la Joconde* de 1911 à 1913.

6. La chambre du voleur à Paris.

7. Alfredo Geri, l'antiquaire de Florence auquel fut proposée *la Joconde*.

LE VOL DE LA « JOCONDE »

Les complices parisiens sont définitivement inculpés

Michel Lancelotti, son frère Vincenzo et Françoise Seguenot, maîtresse de ce dernier, ont été conduits hier devant M. le juge d'instruction Drioux, pour l'interrogatoire d'identité.

Le magistrat a confirmé à chacun d'eux qu'il les inculpait de « complicité par recel de vol au préjudice de l'Etat ». Tous les trois ont vivement protesté de leur innocence, la femme Seguenot plus fort que ses coinculpés.

En haut : **la femme Seguenot**
En bas : **Vincenzo et Michel Lancelotti**
(photographie prise hier à l'anthropométrie)

Ils ont d'ailleurs refusé de répondre avant qu'on leur ait désigné des avocats.

Le juge a fait écrouer les deux frères à la prison de la Santé et Françoise Seguenot à la prison Saint-Lazare.

8. *Le Petit Parisien*, 22 décembre 1913 : les frères Lancelotti, complices du voleur.

9. Vincenzo Peruggia, le voleur, au moment du procès, en juin 1914.

10. La reconstitution du vol du tableau au Louvre, le 21 août 1911, par Vincenzo Peruggia depuis le Salon Carré jusqu'à la Porte Visconti par où il quitta le musée.

« J'ai commis seul le vol... »

Le 13 décembre au soir, deux commissaires de la Sûreté générale, Vignole et Barbieri, partent pour Florence, avec pour mission officielle de « seconder l'œuvre de la justice italienne ». Le même jour une commission rogatoire du juge Drioux est adressée aux autorités compétentes du royaume d'Italie afin de procéder à toutes les recherches utiles concernant le vol. La grande affaire est maintenant de savoir si Peruggia a agi seul ou s'il a des complices. Dès l'arrivée à Florence des deux commissaires français, leur mission est dévoilée par la presse, ce qui impatiente fort le directeur de la Sûreté. Mais en Italie, il ne faut compter sur aucune discrétion. Les journaux consacrent des pages entières aux aveux de Peruggia, et il semble bien que les autorités elles-mêmes leur ont communiqué le résultat des premiers interrogatoires. Le pauvre Vignolle le note et promet de se tenir à l'écart des journalistes, notamment de Vallier et Erio, du *Journal*, qui l'assiègent littéralement. « A Florence, dit-il, c'est à qui parlera le plus pour se rendre intéressant, pour voir son nom imprimé dans les journaux[78]. » Toutes les indiscrétions sont l'œuvre du Parquet et de la questure.

Le 15 décembre, Vignolle reçoit du juge Muzzi l'autorisation d'interroger Peruggia dès le lendemain en sa présence. Voici qui inaugure dignement cette coopération franco-italienne. Le juge a par ailleurs reçu des instructions de ses supérieurs : il doit accélérer son instruction afin que *la Joconde* puisse être remise au gouvernement français dans les plus brefs délais. Mais le 16, à 15 h 30, le questeur informe les inspecteurs français que le juge, après mûre réflexion, souhaiterait une autorisation écrite du procureur du roi avant de procéder à l'interrogatoire de l'inculpé avec Vignolle. « J'ai tout de suite compris, écrit celui-ci, que je me trouvais en présence d'une manœuvre dilatoire portant bien la marque italienne. » A 17 heures, le questeur reçoit la lettre du procureur : la loi italienne ne permet malheureusement pas cet entretien... « A la lecture de cette lettre, rapporte Vignolle, j'ai eu l'impression que j'étais revenu aux plus beaux jours de ma mission en Turquie. C'est tout à fait la manière ottomane. Aussi, ai-je résolu de faire appel à mon ancienne patience pour tourner les difficultés[79]. »

Mais les policiers français savent bien que cette entrevue si nécessaire avec l'inculpé est aussi parfaitement illégale. Depuis l'arrestation de Peruggia, en fait, rien ne se passe selon les règles, puisque la France n'a pas officiellement dénoncé le crime du vol de *la Joconde* auprès du gouvernement italien. Et si cette dénonciation n'intervient pas dans les prochains jours, Peruggia ne pourra pas être maintenu en détention.

Un de ses défenseurs, l'avocat Renzo Carena, en profite pour remettre au procureur une demande de mise en liberté provisoire le 16 décembre car « Peruggia ne fait pas l'objet d'une plainte formelle et légale de la part de l'État français, seul intéressé à intenter des poursuites judiciaires contre lui[80] ». Cette situation absurde va se poursuivre plusieurs jours encore. Vignolle propose au juge Muzzi d'être entendu comme témoin. Cette déposition pourra justifier sa confrontation avec l'inculpé. Le juge est particulièrement curieux de savoir si le tableau a été violemment arraché ou simplement décroché, détail capital pour lui permettre de qualifier le crime.

Une curieuse lettre datée de Florence le 15 décembre et simplement signée des initiales V.C. parvient au préfet de la ville. Elle est rédigée en un français approximatif :

« Pour connaître majeure vérité sur l'affaire de *la Joconde*, je vous prie de bien vouloir dire à M. Peruggia que son ami V.C. qui lui connaît bien lui envoyer ses meilleures salutations et lui prie de n'oublier pas pour ce arrangement que nous avons fait à son temps[81]. »

S'agit-il d'une manœuvre louche d'un complice ? Le but de la lettre est en tout cas très obscur. Invité à se faire connaître par l'intermédiaire du *Nuovo Giornale*, le mystérieux V.C. reste muet.

Enfin, le samedi 20 décembre, Vignolle peut télégraphier à la rue des Saussaies : « Avons obtenu aveux complets inculpé. » Le juge a consacré sa matinée à l'audition de l'antiquaire Alfredo Geri. Il n'y avait guère de révélations à attendre de lui car il a déjà complaisamment raconté à une demi-douzaine de journaux son aventure avec Léonard et sa photo est reproduite partout. L'antiquaire n'est plus désormais mentionné que comme « l'homme qui a permis de retrouver *la Joconde* ». Les Français ne jugeront pas utile de le questionner à leur tour. Dans l'après-midi, Vignolle s'est rendu avec le juge à la prison des Murate. Il a pris soin de se faire transmettre par le juge Drioux une liste des points à éclaircir pendant la confrontation.

Peruggia semble tout à fait en confiance avec le Français. Celui-ci, au cours de l'interrogatoire qui durera trois heures et demie et aurait pu, à son avis, être prolongé du double, note avec désapprobation la méthode du juge italien : « Il ne procède à aucun interrogatoire préliminaire, il ne fait pas de " cuisine " pour employer un terme professionnel qui rend mieux ma pensée. Il pose des questions précises qu'il dicte immédiatement au greffier, et il enregistre sans discussion les réponses de l'inculpé[82]. »

Interrogé par Vignolle, Peruggia maintient qu'il a commis seul le vol. Il est entré dans le musée par la Porte Jean-Goujon, qui donne sur le quai. Après avoir traversé la salle des moulages, ancienne salle du manège du Prince impérial, et le vestibule, il a emprunté le grand escalier. Traversant ensuite la Salle des Sept-Mètres, qui ouvre sur la Grande Galerie, il a tourné à gauche dans le Salon Carré. Il affirme maintenant n'avoir rencontré personne en chemin, revenant sur ses déclarations antérieures et corroborant ainsi la déposition de Cheminade. Il était environ 7 h 10 ou 7 h 15 lorsqu'il se trouva dans le Salon

Carré. Le petit escalier où il chercha ensuite refuge avec le tableau, il le connaissait bien. Lorsqu'il travaillait au Louvre, c'est là qu'il allait prendre de l'eau ou se rendait aux water-closets. Il savait que le gardien en ouvrait vers 7 h 15 la porte donnant sur la Salle des Sept-Mètres. C'était une issue discrète pour le voleur, mais ses plans ont été contrariés :

— Laissant le tableau sur un palier et le cachant derrière une toile qui s'y trouvait, je suis allé jusqu'au bout de l'escalier pour voir si je pouvais sortir. Je trouvai la porte fermée. J'essayai de dévisser la serrure, mais je n'y réussis pas. Alors j'essayai de revisser et en faisant cela, j'entendis descendre quelqu'un. Je me suis assis et j'ai mis le bouton dans ma poche. L'ouvrier passa, ouvrit avec une clé la porte que j'avais en vain essayé d'ouvrir et sortit. Je suis remonté enlever le tableau du cadre et ai pris ma blouse pour recouvrir le panneau. En arrivant sur le palier du grand escalier, je suis descendu rapidement dans le grand vestibule, passant derrière les tombes, traversant la petite Salle du Manège j'arrivai dans la cour où je vis ouverte la porte de sortie sur le quai. En un instant je pris la fuite. Me souvenant que j'avais le bouton de porte en poche, je le pris et le jetai dans un fossé compris entre le mur et la grille. »

Ainsi, toutes les hypothèses du juge et de la police sur l'itinéraire du voleur étaient fausses. Non sans audace, il était redescendu par le grand escalier. Il n'avait donc pas traversé la Cour du Sphinx ni la Cour Visconti. De la Salle du Manège, il avait gagné la Cour Lefuel, empruntant les larges degrés jadis réservés aux chevaux des écuries impériales. Puis il était passé sous la voûte de la Porte Lefuel, qui ouvre à deux battants sur le quai du Louvre. Mais après ?

« Je suis monté sur un autobus, poursuit Peruggia, et je suis ensuite descendu parce qu'il ne faisait pas le trajet que je voulais. Je pris une voiture, j'allai déposer le tableau à la maison et courus travailler rue du Bourg-Tibourg où j'arrivai vers 9 heures. J'ai justifié mon retard en prétendant avoir fait la noce la veille. A peine arrivé à la maison avec le tableau soustrait, je l'ai caché dans un réduit qui est contigu à ma chambre et où il y avait du bois. Je l'ai laissé là jusqu'à ce que j'eusse confectionné la caisse dans laquelle il est resté jusqu'à mon départ de Paris. »

Mona Lisa, dans son cagibi, avait-elle été vue par l'un des compagnons de Peruggia ? La question est fondamentale pour établir d'éventuelles complicités. Quelqu'un avait tout su :

« J'ai montré le tableau à Lancelotti seulement. Je lui ai avoué que je l'avais soustrait au Louvre et que j'espérais le porter en Italie pour le vendre. Lancelotti m'a fait entrevoir les difficultés que j'aurais à le vendre. Je lui ai promis quelque chose pour qu'il garde le secret, au cas où je vendrais le tableau [...]. Seul Lancelotti savait à quoi elle était destinée, comme il était du reste au courant de tout ce que je faisais concernant *la Joconde*.

— Mais le tableau a-t-il toujours été chez vous ? insiste Vignolle, qui s'est avidement emparé du nom de ce nouveau venu dans l'affaire.

— Comme il n'y avait pas encore de feu chez moi et que le tableau s'abîmait, par suite de l'humidité, je le confiai à Lancelotti qui le garda chez lui un mois et demi environ. Ensuite, ayant confectionné la caisse, je l'ai placé dedans. C'était pendant qu'il habitait dans ma maison, rue de l'Hôpital-Saint-Louis, n° 5, un mois et demi avant qu'il ne changeât de logement pour aller habiter rue Bichat. »

L'inspecteur français a obtenu ce qu'il voulait, arrachant à l'inculpé un aveu que ni le juge ni la police italienne n'avaient su lui arracher. Grâce à cette complicité de recel et aux poursuites qu'elle va entraîner, la Sûreté française retrouve in extremis un rôle actif dans l'affaire de *la Joconde*. Fort de ce résultat, Vignolle interroge l'inculpté sur son voyage à Londres :

« J'ai été à Londres pour voir si je ne pouvais pas vendre le tableau, confesse Peruggia. Je ne l'y ai pas porté. Je suis descendu dans un hôtel qui est près de Victoria Station. Je me suis adressé à un antiquaire, le sieur Duveen. Ce dernier me conseilla de le rendre au Louvre. »

Le masque est tombé. Le « patriote », mû par le désir de restituer à son pays un chef-d'œuvre pris par les Français laisse place au voleur frappant à la porte des plus grandes galeries de tableaux pour monnayer son butin. Transmettant le soir même au commissaire Sébille le procès-verbal de cet interrogatoire qu'il n'a malheureusement pu mener à sa guise, Vignolle écrit :

« Ce résultat fut obtenu avec quelques difficultés venant non de l'inculpé que j'avais mis entièrement en confiance et qui semblait presque heureux de s'épancher avec moi, mais du juge dont la nervosité extrême, la hâte d'avoir promptement terminé ont failli plusieurs fois tout compromettre »[83].

Même imparfaite, cette confrontation a le mérite de mettre en lumière le rôle de ce Lancelotti qui, bien « cuisiné » par la police parisienne, fera certainement des aveux.

Ça valait pas deux millions

Revenue, par une curieuse coïncidence, dans la ville même où vécut et travailla Léonard, *la Joconde* ne peut quitter Florence sans avoir reçu l'hommage de la population. Sitôt libérée par les autorités judiciaires, elle est installée dans la salle des portraits italiens du musée des Offices, revêtue d'un cadre Renaissance emprunté à un tableau de Bronzino de même dimension. Placée sur un chevalet, protégée de la foule par de lourds bancs de bois sculpté qu'on a pris soin de disposer devant elle, elle sourit, flanquée de quatre carabiniers, aux milliers de curieux venus la voir. C'est une belle cohue, on s'écrase aux portes de la salle, pendant qu'un opérateur cinématographique, avec un calme olympien, tourne méthodiquement la manivelle de son appareil. Avant de l'envoyer à Rome, on lui confectionne une luxueuse boîte de noyer vernis, soigneusement capitonnée de soie rouge, qui remplace avantageusement le grossier coffre de bois blanc dans lequel elle est entrée — en contrebande — dans le royaume. Entourée de MM. Ricci et Poggi et d'inspecteurs de police, elle prend place dans le train qui la conduit vers la capitale. Tout le long du trajet, le convoi reçoit les honneurs habituellement réservés au train royal, salué dans chaque gare par une haie de carabiniers.

Lancelotti savait donc tout, depuis le début. Un soir, dans un café, Peruggia l'avait mis au courant de son extravagant projet.

Vincenzo Lancelotti s'était montré enthousiasmé. Dès lors, ils n'avaient plus cessé d'en parler. Peruggia disait avoir commis seul le vol (ce qu'il fallait encore prouver), mais Lancelotti était, pour le moins, complice de recel, ayant abrité *la Joconde* dans sa chambre. Il avait également assisté à la confection de la caisse à double fond. Il avait encore accompagné Peruggia à la gare de l'Est, le jour de son départ pour l'Italie, afin de veiller jusqu'à la dernière minute sur le précieux colis qui, bientôt, devait faire leur fortune. Lancelotti avait déjà été entendu par le juge Drioux, à la suite de la dénonciation de Gaetano Girondi, un cousin de Peruggia, et des frères Moro, anciens camarades de travail du voleur. Il avait alors violemment protesté de son innocence, et la perquisition à son domicile n'avait rien révélé. De son côté, sa maîtresse, Françoise Séguenot, s'était récriée :

« Moi, Française, avoir recelé *la Joconde* ! Mais si je l'avais vue entre les mains de Peruggia, j'aurais sauté sur lui, je lui aurais arraché le tableau et je l'aurais rapporté au Louvre ! »

Dimanche, vers 8 heures, un policier se présente au 57, rue Bichat[84]. La maison, mal entretenue, regarde les façades lépreuses de l'hôpital Saint-Louis de l'autre côté de la rue. Un long passage assez obscur mène à une cour. Au fond, deux marches, une petite porte vitrée, quelques pots de fleurs où végètent des plantes informes : c'est la chambre de Lancelotti. Le sous-brigadier Darol frappe à la porte. Lancelotti est déjà sorti, sa maîtresse ignore où il se trouve et quand il rentre. Et comme le policier insiste, elle s'écrie :

« Vous n'allez pas recommencer vos tracasseries, je commence à en avoir assez de vos histoires, c'est à vous dégoûter d'être française ! »

Darol décide alors de faire surveiller la maison. Un moment plus tard, un homme, le col du veston relevé, la casquette enfoncée sur les yeux, passe devant la loge du concierge et sort. Un inspecteur lui pose une main ferme sur l'épaule. On le reconnaît : c'est Michel Lancelotti, le propre frère du suspect. Il avoue qu'à la demande de Françoise Séguenot, il se rendait à l'École pratique de magnétisme et de massage de la rue Saint-

Merri dont son frère est un élève assidu. Il devait lui remettre quatre-vingt-dix-francs et lui dire de prendre tout de suite le train pour la Belgique. Il est dès lors facile d'arrêter Vincenzo. Amené devant le juge, et apprenant qu'il a été dénoncé par Peruggia, il s'empourpre et nie avec la plus grande violence. Plus tard dans l'après-midi, sa maîtresse est également entendue :

« Je travaille chez moi, de mon métier de blanchisseuse. Pas un objet, si minuscule soit-il, ne pourrait être apporté dans notre pauvre chambre sans qu'immédiatement je m'en aperçoive. Or, je n'ai jamais vu *la Joconde*. Je le jure ! Je vous dirai même que c'est l'arrestation de Peruggia qui m'a appris l'existence de ce tableau. Cela n'a rien de surprenant. Je ne suis qu'une pauvre ouvrière qui ne connais absolument rien aux œuvres d'art. »

Elle ne nie pas cependant que les frères Lancelotti ont accompagné Peruggia à la gare de l'Est :

« Quand un compatriote rentre au pays, dit-elle, les Italiens ont coutume de le conduire jusqu'au train. On lui donne des commissions pour les amis de là-bas, les parents. Quoi de plus naturel ? »

Vincenzo Lancelotti est écroué à la Santé dès 14 heures. Après leur interrogatoire par la police judiciaire, ses deux complices sont également placés sous mandat de dépôt.

Pendant ce temps, à Rome, dans les salons du ministère de l'Instruction publique, M. Credaro remet solennellement *la Joconde* à la France, représentée par son ambassadeur, Camille Barrère. Au nom de Gaston Doumergue, président du Conseil, celui-ci exprime ses remerciements au gouvernement royal. Son geste est d'autant plus apprécié qu'un différend assez sérieux opposait les deux nations au sujet des musulmans d'origine tripolitaine vivant en Tunisie. Mona Lisa devient la cheville ouvrière du rapprochement franco-italien. Après la cérémonie, elle est transportée en voiture au palais Farnèse où, dans l'après-midi, elle reçoit la visite de la reine-mère Marguerite. Fastes, discours, signatures et congratulations, remerciements émus d'une nation à l'autre ne doivent pas faire oublier les hommes. Et à Florence, nombreux sont ceux qui espèrent recevoir une décoration. Il y a le préfet, le procureur du roi, le juge d'instruction, le questeur, son chef de cabinet, le commissaire de police... Les voici trépignant comme des enfants au moment des étrennes. Et le pauvre Vignolle, perplexe, écrit à Paris : « Dois-je rendre au questeur le repas qu'il nous a offert, et dans l'affirmative, dois-je inviter tous les fonctionnaires qu'il a lui-même amenés ? C'est une dépense de 70 à 80 francs. »

Une lettre intéressante parvient au juge Muzzi, transmise à la questure de Florence par l'ambassade d'Italie à Paris. Elle est compromettante pour Peruggia. Postée à Paris le 26 novembre 1913, elle est adressé à Corvisieri, antiquaire à Rome. Signée Léonard V., elle est en tous points semblable à celle reçue par Geri :

« Nous avons l'honneur de porter à votre connaissance que l'on essaye en ce moment à Paris, et au moyen de la correspondance, de vendre en secret le chef-d'œuvre de Vinci, *la Joconde*. Nous serions heureux de voir ce trésor d'art retourner en Italie et plus spécialement dans sa capitale. En conséquence nous vous prions (si cela vous dit) de vouloir bien trouver, seul ou en compagnie d'un ami, les moyens d'éviter à *Mona Lisa* de rester à l'étranger et de lui faire regagner l'Italie une bonne fois et pour toujours. J'ajoute que pour vous faciliter la tâche, vous bénéficierez d'un escompte de 25 % et plus sur les concurrents étrangers. Si vous le jugez utile, envoyez vos offres par retour du courrier[85]. »

La mention des « concurrents étrangers » est accablante quand on pense à l'aveu fait à Vignolle : on sait que Peruggia est allé à Londres chez Duveen, le plus grand marchand d'art ancien de l'époque. Sans doute a-t-il fait d'autres démarches semblables, dont on ne retrouve pas la trace. En tout cas, le procédé qui consiste à proposer à l'acheteur italien une remise de 25 % sur un prix qu'on lui offre de fixer lui-même traduit une piètre expérience commerciale. Peruggia s'est montré assez fin pour constituer un brillant carnet d'adresses internationales — par quel moyen, on l'ignore — mais il est incapable de l'exploiter lui-même. Corvisieri ne prend pas la peine de lui répondre, de même que Duveen l'éconduit, pensant avoir à faire à un mythomane. Mais l'antiquaire romain prend tout de même le soin de transmettre la lettre à Paris. Cette lettre qui, si l'ambassade d'Italie en avait donné connaissance à la Sûreté générale, aurait permis d'arrêter Léonard en France avant que *la Joconde* ne quitte le territoire... Et on pourrait en dire autant de celle reçue par Alfredo Geri. En décidant d'agir seul, cet émule florentin de Sherlock Holmes n'était sans doute pas dénué d'arrière-pensées. Grâce à lui, l'Italie emporte tout le bénéfice de la découverte de l'œuvre, laissant la police française boire sa honte après avoir mijoté plus de deux ans dans une enquête stérile.

Officiellement reconnue par Leprieur, *la Joconde* quitte Rome pour Milan où elle est pendant quelques heures exposée à la Pinacothèque de Brera. Après un grand banquet en présence du maire de la ville, du préfet et du consul de France, elle reprend enfin le train pour Paris, dans un compartiment de première classe réservé à cet effet. En gare de Modane, à 3 heures du matin, ont lieu les ultimes échanges de signatures entre autorités italiennes et françaises, sous la neige qui tombe à gros flocons. Dans le couloir du train, deux inspecteurs de la Sûreté montent la garde à tour de rôle. A Paris, mercredi en début d'après-midi, le quai de la gare de Lyon se garnit de fonctionnaires, de journalistes, de photographes qui, en cohortes pressées, prennent possession du terrain. Les appareils cinématographiques se mettent en batterie.

A 14 h 35, avec dix minutes de retard sur l'horaire prévu, le train de Milan entre en gare. C'est alors la ruée vers le wagon spécial d'où émerge bientôt *Mona Lisa*, c'est-à-dire la boîte de noyer vernis dans laquelle elle est enfermée, religieusement portée par Leprieur. Commence une indescriptible bousculade. La police parvient à frayer un passage au précieux fardeau qu'engloutit, dans la cour de la gare, la limousine de la Sûreté générale. A 15 heures, l'automobile s'arrête quai Malaquais. Le tableau est porté dans le bureau de Léon Bonnat, directeur de l'École des Beaux-Arts. C'est là qu'en présence du juge Drioux, du sous-secrétaire d'État aux Beaux-Arts, d'Henry Marcel et de quelques autres personnalités, Me Cottin, notaire, décachète l'enveloppe contenant la description minutieuse du tableau[86]. Ce rapport rédigé par Leprieur après le vol avait été maintenu secret, de peur d'attirer l'attention du voleur sur certaines marques caractéristiques du tableau qu'il aurait ainsi aisément pu modifier. Cette fois, aucun doute n'est plus permis : on se trouve bien en présence de *la Joconde* qui, pour toutes cicatrices de cette aventure, ne présente que cinq éraflures légères dans la chevelure, les vêtements et le paysage. L'Italien aux mains rugueuses a pris grand soin d'elle. Replacée dans le cadre qu'elle avait abandonné le 21 août 1911, Mona Lisa est installée dans la grande salle de l'École des Beaux-Arts pour une exposition payante « au profit des pauvres italiens ». Enfin elle rentre au Louvre. Apprenant cette nouvelle, Peruggia se montre désespéré jusqu'aux larmes.

La Joconde devient, le dimanche, le but de promenade des Parisiens. Avant d'aller sur les boulevards, on fait un crochet par le Louvre. En haut de l'escalier Daru, une salle pleine de photos du chef-d'œuvre de Léonard semble préparer la foule à son éblouissante rencontre avec Mona Lisa. A l'entrée du Salon Carré, une garde inflexible tronçonne la foule en petits paquets qui, guidés par une sorte de couloir formé de cordes et de barrières de bois, se dirigent vers le tableau. Il est interdit de s'arrêter. Tout visiteur ralentissant le pas est immédiatement fouetté d'un cinglant « Avançons Messieurs-Dames, avançons ! ». Beaucoup de curieux passent devant le tableau sans le voir. Quand ils s'aperçoivent de leur méprise, il est trop tard car il est impossible de revenir en arrière. Ils se dressent alors sur la pointe des pieds et, après avoir jeté dédaigneusement un « C'est tout, ça ? », s'en vont.

La foule est déçue. Elle attendait une princesse, une reine. C'était donc cette femme au teint jaune, habillée en veuve, qui a tenu en haleine le monde entier ! « Tout de même, ça valait pas deux millions. »

Mensonges

Au tribunal de Florence, le 5 juin 1914, le sourire équivoque de Mona Lisa et la mince personnalité de son voleur n'ont pas attiré la foule des grands procès[87]. C'est un public plus intellectuel et distingué qui, à partir de 9 heures, prend place dans la salle d'audience. Une salle d'une élégance austère qui vient d'être entièrement remise à neuf en l'honneur non pas de l'accusé mais de *la Joconde*, n'en doutons pas. Le banc des journalistes, soigneusement organisé, accueille les reporters des journaux de tous les pays. Sur un coussin, au milieu de l'hémicycle, la masse d'argent symbolise la justice. Un humoriste remarque que vu la personnalité de l'accusé, il est imprudent de laisser un tel objet d'art à sa portée. Menottes aux mains, Peruggia entre dans la cage à barreaux de fer destinée à l'accusé. On s'étonne de son air si convenable. On lui serrerait presque la main. Convaincu d'avoir accompli un geste digne de louanges, il sourit complaisamment devant tous les objectifs que les photographes dardent vers lui. Le procès s'annonce bref : peu de témoins, quelques experts et une évidente volonté de démontrer aux amis transalpins que la justice italienne n'avance pas avec des semelles de plomb. A Paris, où les Lancelotti ont été renvoyés à leur foyer avec un non-lieu il y a belle lurette, on s'impatiente…

A 9 h 30, on annonce la Cour. L'accusé se lève respectueusement. Sa mise est correcte. Il se fige dans une attitude proche du garde-à-vous. La président Barili commence son interrogatoire. Peruggia raconte comment, le 21 août 1911, il est entré au Louvre « comme chez lui », et en est ressorti, *la Joconde* sous le bras. Interrogé sur son ancien travail au Louvre, qui l'avait amené à approcher *la Joconde*, il nie, perdant un instant son sang-froid :

« C'est un mensonge ! »

Quant au mobile du vol, Peruggia fournit de nouvelles précisions :

« La dernière fois que j'ai travaillé au Louvre, j'avais découvert des documents.

— Quels documents ?

— Des documents qui disaient que tous les grands tableaux des peintres italiens avaient été volés par Napoléon. C'était un livre que j'ai trouvé au Louvre et qui contenait les photographies de tous les tableaux volés sous le Premier Empire.

— Avez-vous aussitôt pensé à enlever *la Joconde* ?

— Non. J'avais d'abord pensé à des tableaux de Giorgione, de Luini et d'autres. Mais je me suis décidé pour *la Joconde* qui était le tableau le plus petit et le plus facile à transporter.

— Ne vous êtes-vous pas par hasard décidé parce que c'était le tableau qui avait le plus de valeur ?

— Non, monsieur, je n'ai jamais agi par intérêt ; je désirais seulement que ce chef-d'œuvre fût mis à sa place d'honneur ici, à Florence. »

Sobre et cohérent, Peruggia achève la conquête de son auditoire lorsqu'il en vient au chapitre des mauvais traitements infligés par les Français aux immigrés italiens :

« Le patron, M. Gobier, me traitait bien, mais les ouvriers français me dérobaient même mes affaires, ils me brutalisaient, ils me versaient du sel et du poivre dans mon vin. Et si je réagissais, ils me traitaient de " macaroni " et de " sale italien "... »

Dès lors, la partie est quasiment gagnée pour Peruggia : le tribunal saura se montrer indulgent pour ce fils exilé et maltraité. L'inculpé en profite pour donner une version de son voyage à Londres — une simple « excursion » — en complète contradiction avec les aveux fait à Vignolle :

« J'avais vu à Londres des cartes postales de *la Joconde*, et je me suis décidé à demander conseil en Angleterre sur le moyen d'envoyer *la Joconde* en Italie. Je n'aurais certainement pas pu demander de tels conseils en France ! Alors, par ce même vendeur de cartes postales, je me suis fait indiquer un magasin d'antiquités. On me désigna celui des Duveen. Chez l'antiquaire, j'ai demandé comment je pouvais faire entrer *la Joconde* en Italie. Mais Duveen ne m'a pas pris au sérieux. Je proteste contre cette invention que j'aurais voulu vendre le tableau à Londres. Si telle avait été mon intention [...], j'aurais frappé à la porte de tous les antiquaires en demandant un tas d'argent. Si j'avais voulu vendre le tableau, j'aurais pu le laisser en France et le restituer de façon à toucher les primes que les journaux et de riches particuliers avaient offertes. Mais je voulais l'emporter en Italie et le restituer à l'Italie, et c'est ce que j'ai fait.

— Quand vous êtes-vous décidé à la restitution, demande alors le juge ?

— Je me suis décidé quand Poincaré, dans cette fameuse séance à la Chambre des députés dont tout le monde se souviendra, a dit qu'il irait de l'avant jusqu'à la rupture des relations diplomatiques avec l'Italie. J'ai alors écrit au *Corriere della Sera*, au député Lucchini et à Geri. Tout d'abord, personne ne m'a répondu. »

Le discours de Poincaré date de janvier 1912, plus d'un an et demi avant les premières tentatives de restitution de Peruggia. Mais l'amalgame est très habile. En janvier 1912, l'Italie, engagée dans l'interminable guerre de Tripolitaine, avait saisi deux paquebots français à destination de l'Afrique du Nord, le *Carthage* et le *Manouba*, les soupçonnant de remettre en cause la neutralité de notre pays. Ce grave incident avait soulevé en Italie comme en France une émotion considérable. En antidatant ses premières démarches, Peruggia se pose à nouveau en héros vengeur de son pays trahi par la France. De même, questionné sur les cinq cent mille lires qu'il avait demandées comme prix de sa restitution, il prétend que la somme a été fixée par Geri lui-même, ajoutant :

« Je restituais des millions. J'espérais qu'on me donnerait quelque chose en compensation, voilà tout. »

Depuis le début de l'interrogatoire, Peruggia se comporte avec dignité et simplicité, gagnant d'emblée la sympathie du public. On appelle maintenant les témoins, avec une rapidité qui effare les Italiens, habitués à la lenteur compassée de leurs tribunaux. Tarentelli, questeur de Florence, Poggi, Vignolle se succèdent à la barre. Ce dernier témoin est expédié en quatre ou cinq questions du président, transmises par un interprète. Appelé comme expert, le professeur Arnaldi, directeur de l'asile d'aliénés de Florence, donne ses conclusions sur l'état mental de l'inculpé : c'est un pauvre d'esprit, son intelligence est déficiente.

La séance reprend dans l'après-midi avec le réquisitoire de l'avocat général, qui demande une peine de trois ans de prison. A ces mots, Peruggia, ému, courbe la tête. Vient ensuite la longue et brillante plaidoirie de Carena, avocat de la défense, qui rappelle que Peruggia, à l'instar des suffragettes, aurait tout aussi bien pu lacérer les tableaux. Il constate qu'en somme, le vol a profité à tous : aux journaux, qui ne se sont jamais si bien vendus ; aux marchands de cartes postales, aux fabricants de l'eau purgative de *la Joconde* et des chapeaux « à la Léonard » ; à Geri, qui a touché la prime de vingt-cinq mille francs offerte par les Amis du Louvre ; à la science qui a trouvé un nouveau type de délinquant, le voleur-patriote ; aux relations entre la France et l'Italie, car Peruggia a plus fait pour le rapprochement entre les deux peuples que toutes les missions diplomatiques ; à tous enfin, sauf au voleur lui-même, victime de l'ingratitude générale. Le visage baigné de larmes, Peruggia serre avec effusion la main de son défenseur.

Le lendemain, à 10 h 35, le tribunal se retire pour la sentence. Entouré d'une foule de journalistes et de curieux, Peruggia répète inlassablement son histoire. A brûle-pourpoint, un homme lui lance :

« Dis-moi, n'as-tu pas eu la tremblotte quand tu as décroché *la Joconde* du mur ?

— La tremblotte ? Et pourquoi devais-je trembler en reprenant notre bien ? » fait l'accusé, surpris.

Des carabiniers viennent disperser cet attroupement, et à 11 h 20, tous ont regagné leur place lorsque la Cour fait son entrée. Immédiatement, le président donne lecture de la sentence : la réclusion pendant un an et quinze jours[88]. Peruggia reste impassible. Détenu depuis le 12 décembre, il ne lui reste plus que quelques mois à « tirer ». Pendant un moment, le public reste muet. On s'attendait généralement à une peine plus légère. Peruggia, lui, doit savoir qu'en France il ne s'en serait pas tiré à si bon compte. Y pensait-il lorsqu'il s'était rendu à Florence pour vendre le tableau ?

Mona Lisa sur l'omnibus

Décrochée un beau matin par un simplet qui était tout de même assez rusé pour profiter de l'incroyable négligence avec laquelle le Louvre était surveillé, *la Joconde* était partie sous son bras, tout simplement. Elle avait enfin connu le plaisir de voyager en omnibus. Elle avait découvert les quartiers pauvres de la capitale, le dénuement d'une petite chambre d'ouvrier. Clouée dans sa caisse à double fond, elle avait pour la première fois échappé au regard des hommes. Bringuebalée dans un compartiment de troisième classe, elle avait éprouvé la griserie d'un voyage en chemin de fer de Paris à Florence, via Bâle et Milan ; marchandise volée, elle avait passé la douane de Chiasso avec un serrement de cœur. Puis, capturée par la police, elle avait subi les attouchements des inspecteurs, des commissaires, des messieurs des musées, le regard enfin de centaines de milliers de gens. Imagine-t-on la reine d'Angleterre, quittant un beau matin le palais de Buckingham au bras d'un ramoneur pour aller vivre avec lui dans une petite maison de Brixton ? La fugue de Mona Lisa n'était pas moins absurde. Par chance, et par le plus grand des hasards, l'histoire se termine bien : la France récupère son chef-d'œuvre, le Louvre retrouve sa dignité, *la Joconde* son cadre et son Salon Carré. L'ordre est rétabli. Et si la guerre de 14 avait éclaté en 1913 ? Si Peruggia avait été mobilisé avant de pouvoir rapatrier le tableau, s'il avait été tué d'un éclat d'obus autrichien à Vittorio Veneto en

1918, si l'incommode caisse de bois blanc qu'il avait confectionnée avait été jetée... Le monde occidental perdait l'un de ses trésors les plus vénérés.

Heureusement, Peruggia avait été assez bête pour se jeter dans les bras de la police, puisque celle-ci ne venait pas à lui. Heureusement, lorsque la guerre fut déclarée, *la Joconde* était rentrée au Louvre depuis plusieurs mois ; elle put être sagement évacuée vers le couvent des Jacobins de Toulouse où elle attendit des jours meilleurs en compagnie d'autres tableaux du Salon Carré.

L'affaire de *la Joconde* avait fait deux morts. Dujardin-Beaumetz, malmené de toutes parts à l'époque du vol, avait succombé au diabète dont il souffrait depuis longtemps. Mais sa résistance à la maladie n'avait-elle pas été ébranlée par le scandale qui désormais serait associé à son ministère ? L'autre victime, c'était le gardien chef Gitenet. Gravement malade au moment des faits, il avait succombé peu après son renvoi brutal du Louvre. L'affaire avait aussi fait deux dupes. Peruggia d'abord. Il attendait de l'argent et on le flanquait en prison. Il y avait aussi le cas de l'antiquaire Geri, qui ne tarda pas à se plaindre de l'ingratitude des Français. Il avait certes habilement manœuvré dans cette affaire, mais personne ne lui avait demandé de se donner tant de mal. Pourquoi n'avait-il pas tout simplement transmis à la police la lettre de Léonard ? Au lieu de cela il avait pris le risque de faire venir le tableau en Italie. En remerciements des services rendus, l'État français lui décerna la rosette d'officier de l'Instruction publique, et la Société des Amis du Louvre lui versa la prime de vingt-cinq mille francs promise à qui aiderait à retrouver le tableau. Loin de se considérer comme dédommagé de sa peine, Geri assigna l'État français en dommages et intérêts[89]. Ce qu'il voulait ? Dix pour cent de la valeur de *la Joconde*, dont il demandait l'expertise. Il fut débouté de sa demande par jugement du 26 juin 1918[90].

En France, le procès de Florence avait été suivi dans une certaine indifférence. L'important n'était-il pas de l'avoir retrouvée ? C'était le post-scriptum sans importance d'une histoire conclue depuis longtemps. Pourtant, bien des questions n'avaient pas reçu de réponse satisfaisante. Ainsi, pourquoi Peruggia avait-il attendu plus de deux ans avant de tenter de négocier le tableau ? Par peur, parce qu'il fut dépassé par l'ampleur du scandale ? Par prudence ? Mais dans ce cas, pourquoi s'était-il ensuite si naïvement jeté dans la gueule du loup, tombant avec une déconcertante candeur dans le piège tendu par Geri ? Comment le modeste ouvrier s'était-il procuré les adresses des marchands d'antiquités et des collectionneurs que la police retrouva lorsqu'on perquisitionna chez lui ?

Peruggia le naïf fut-il manipulé ? S'il lui arriva de se contredire au cours des différents interrogatoires, il maintint jusqu'au bout qu'il avait agi seul, Lancelotti n'avait été qu'un confident. Devenu complice, c'était un simple receleur. Il n'avait pas participé au vol, se contentant de donner provisoirement asile au tableau. Malgré la collaboration entre justice française et justice italienne, le procès de Florence, expéditif, laissait des zones d'ombre dans cette curieuse affaire. Deux mois s'étaient à peine écoulés après le procès de Peruggia lorsque la guerre éclata, ravalant le vol du Louvre au rang d'anecdote. L'opinion ne s'en préoccupa plus.

Pourtant, jusqu'à la veille de la Seconde Guerre mondiale, des mystificateurs tentèrent périodiquement, avec un talent inégal, de réécrire à leur avantage l'histoire du vol de *la Joconde*. Parmi eux, D'Annunzio qui, de 1913 à 1923, déclara à maintes reprises avoir été mêlé à l'affaire. Dès le 10 décembre 1913, jour de la première rencontre entre Geri et le pseudo-Léonard, D'Annunzio déclarait dans un salon :

« Je sais que *la Joconde* est à Florence. Je ne veux pas faire métier de délateur en dénonçant son possesseur, mais j'ai la conviction qu'elle reviendra sous peu. »

Cette anecdote citée par *le Gaulois* montre que l'écrivain bénéficiait d'une information de première main sur l'affaire. On peut supposer qu'il avait été tenu au courant du déroulement des opérations par Alfredo Geri lui-même ou par son entourage. Geri n'avait-il pas été pendant dix-huit ans régisseur de la grande Eleonora Duse, maîtresse de D'Annunzio et interprête fétiche de ses pièces ? De là à imaginer qu'il avait lui-même commandité le vol, il y avait un pas difficile à franchir. Le rapt spectaculaire de Mona Lisa était certes un geste éminemment « d'annunzien » dont le poète, faute d'en avoir été l'initiateur, tenta ensuite de s'emparer. Dans *Portrait de Loyse Baccaris*, il écrit : « Je n'aime pas les mains petites et douces, ni celles *che sentono del grassetto*, qui sentent le grassouillet comme dirait l'abbesse de Coverciano. Il me souvient, quand le voleur sublime de *la Joconde* apporta dans ma retraite de la Lande le panneau qu'enveloppait une vieille couverture d'écurie, il me souvient de m'être mis à détester les mains molles de Mona Lisa, contraint de les avoir sous les yeux, des jours entiers, durant la spéculation métaphysique que m'avait proposée le voleur[91]. »

On aimerait y croire. Mona Lisa se serait certainement sentie *at home* dans le capharnaüm de la villa qu'à l'époque des événements le poète louait à Arcachon.

En 1933, dans son numéro du 6 août, le *Sunday Express* de Londres publiait la confession d'un certain Jack Dean, « un ancien escroc bien connu de Scotland Yard », qui était « l'un des trois hommes qui ont volé *Mona Lisa* ». Un millionnaire américain s'était adressé au gang et lui avait « passé commande » de *la Joconde*. Le « patron » avait alors décidé de vendre à l'Américain une copie. Mais il fallait quand même voler l'original, ce qui fut fait par les trois larrons. Guidés dans le Louvre par Peruggia, ils passèrent la nuit du 20 août 1911 cachés dans la pièce des chevalets... Cinq copies de *la Joconde* qui avaient été envoyées en Amérique auparavant furent simultanément vendues à cinq millionnaires, chacune d'elles étant présentée comme l'original. Un sixième faux, peint sur un panneau de noyer arraché à un meuble ancien italien, fut emporté par Peruggia (qui croyait tenir l'original) à Florence, tandis que l'authentique *Joconde*, présentée comme une copie, fut vendue deux mille francs à un antiquaire... L'histoire est un peu laborieuse, mais typique de cette littérature de feuilleton ayant *la Joconde* pour héroïne, qui commença à prospérer dès le lendemain du vol.

Plus troublante est la « confession » de Peruggia que publia *le Journal* en 1915. Tout avait débuté en 1910, alors que Peruggia était employé chez Gobier : « Vers l'automne nous commençâmes à travailler au Louvre, où nous réparions les tableaux : aménagement des cadres et des verres, démontage, remontage, bref tout le métier d'aide. Nous travaillions dans les salles. Nous commençâmes par celle dite des Sept-Mètres. De nombreux amateurs en passant nous parlaient. Je distinguai vite, parmi eux, un habitué, un homme d'environ quarante ans, assez grand, d'aspect plutôt lourd, figure assez forte en couleur, avec une barbiche en pointe roussâtre. Un jour où j'étais dans la galerie des Sept-Mètres il m'aborda, me parla amicalement et me dit : " Vous êtes français ? — Non, répondis-je. Italien. — Ah ! alors nous sommes alliés. Je suis allemand. " (Il parlait fort bien le français, mais avec un léger accent germanique.) Il se pencha vers moi et ajouta : " Tenez, mon garçon, voilà vingt francs pour boire un bon coup. " Je fus un peu, mais agréablement surpris (je gagnais 0 fr. 90 de l'heure) et je pris l'argent. Et désormais, presque chaque jour je retrouvai mon protecteur, toujours aimable. Un jour il me dit : " Mais, si vous êtes Italien, votre cœur doit souffrir en voyant tous ces tableaux qui appartiennent à l'Italie et qui lui ont été *volés (sic)* par les Français. " J'avouai que je n'y avais pas songé. Il reprit : " Ah ! ce serait une belle action que d'en reprendre quelques-uns et de les rendre à votre pays ! " Puis peu à peu, il précisa sa pensée. Ce serait un rôle glorieux, digne d'un fils d'Italie. Et quel enthousiasme là-bas ! Il y avait là des tableaux célèbres valant des millions. " Tenez, *la Joconde*, par exemple, elle vaut peut-être cent millions. Si vous la rapportiez en Italie, quel succès, sans compter l'argent qu'on pourrait vous donner ! " » J'objectai naturellement qu'un ouvrier comme moi, employé au Louvre, ne pouvait pas décrocher un tableau au mur, et le porter comme cela en Italie. On ne l'y accepterait pas et l'on m'arrêterait. C'est alors qu'il me fit l'exposé de son rôle. Il était allemand, lui, très haut placé, et l'Allemagne se ferait un plaisir de faire accepter le tableau à l'Italie, à laquelle il appartenait (j'ignorais que le tableau avait été vendu par le

Vinci à François Ier), et elle obligerait également la France, sous la pression de l'opinion publique et de l'Allemagne, à la suite du retentissement de l'aventure, à accepter la restitution[92]. »

L'agent allemand était bien sûr « l'un des innombrables et mystérieux émissaires dont l'Allemagne inonda le monde pendant dix ans, prodiguant l'or et les promesses, semant la haine, préparant les âmes comme son état-major préparait le terrain ». Il s'agissait de créer un incident diplomatique entre la France et l'Italie, afin de conforter celle-ci dans la Triplice qui la liait à l'Allemagne et l'Autriche-Hongrie. On avait vu avec quelle rapidité les esprits s'échauffaient, lors de l'épisode du *Carthage* et du *Manouba* en 1912, dans cette poudrière qu'était devenue l'Europe. Mais l'Allemand disparut soudain, laissant Peruggia seul avec le tableau...

Comment un modeste ouvrier, qui gagnait moins d'un franc de l'heure, n'a-t-il pas été tenté par les primes offertes à qui retrouverait *la Joconde* ? Il fallait avoir de puissantes raisons pour résister à la tentation des cinquante mille francs offerts par *Paris-Journal* ou par *l'Illustration*. Certes romanesque, la confession de Peruggia publiée par *le Journal* proposait une explication à ce silence de plus de deux ans : Peruggia attendait le retour du mystérieux émissaire du Kaiser... Pourra-t-on faire un jour toute la lumière sur l'affaire du vol de *la Joconde* ? Le Méphistophélès allemand ne semble pas avoir laissé de traces, et Peruggia est mort sans se livrer à d'autres « confessions ». Au Louvre, *la Joconde* sourit toujours. Songe-t-elle à la guerre que, deux ans avant le double assassinat de Sarajevo, elle aurait bien pu déclencher ?

Notes

1. *Le Temps*, 25 août 1911.
2. *Le Temps*, 24 août 1911.
3. *L'Intransigeant*, 24 août 1911.
4. *Id.*, 24 août 1911.
5. Louis Dimier, « Juifs de Joconde », *l'Action française*, 26 août 1911.
6. *L'Illustration*, 26 août 1911.
7. *Le Temps*, 24 août 1911.
8. Paul Leprieur le confirme dans une lettre du 2 septembre 1911 adressée au sous-secrétaire d'État. Archives nationales, F21 4481, 1.
9. *Le Temps*, 28 août 1911.
10. *Id.*, 28 août 1911. Le 27 août, le juge adresse une commission rogatoire au service de la Sûreté générale concernant cet individu. Arch. nat., F7 14865, 1.
11. Arch. nat., F21 4481, 2, Incidents et vols au musée du Louvre avant la disparition de la Joconde.
12. Arch. nat., F7 14865, B, Pistes diverses, rapport sur l'arrestation de deux sujets allemands, 26 août 1911.
13. Arch. nat., F7 14865, A, Rapports généraux à M. le juge d'instruction.
14. Arch. nat., F7 14865, B, lettre du 3 septembre 1911.
15. Arch. nat., F21 4481, 1, Vol de la Joconde, correspondances diverses de particuliers.
16. « La Joconde en balade », *le Temps*, 28 août 1911.
17. *L'Intransigeant*, 24 août 1911.
18. *Paris-Journal*, 7 septembre 1911.
19. Arch. nat., F21 4481, État du personnel des musées nationaux.
20. Lettre du 30 août 1911. Arch. nat., F21 4481, 1, Correspondance administrative.
21. Arch. nat., F7 14866, Audition des gardiens du Louvre, procès-verbaux d'interrogatoire.
22. *L'Humanité*, 1er septembre 1911.
23. *Le Temps*, 31 août 1911.
24. *L'Écho de Paris*, 4 septembre 1911. *Paris-Journal, id. ; le Petit Parisien, id.*
25. Arch. nat., F7 14865, Pistes diverses.
26. *Journal des Débats*, 15 septembre 1911.
27. G. Babin, *l'Illustration*, 9 septembre 1911.

28. Arch. nat., F7 4481, 3, Vol d'une statuette chypriote.
29. W. Rubin et al., *Le Primitivisme dans l'art du xxe siècle*, Paris, Flammarion, 1987, pp. 242 et suiv.
30. Fernande Olivier, *Picasso et ses amis*, Paris, Stock, 1933, pp. 183 et suiv.
31. Clément Vautel, « Propos d'un Parisien », *le Matin*, 10 septembre 1911.
32. *Le Matin*, 9 septembre 1911.
33. Apollinaire, « Mes Prisons », *Paris-Journal*, 14 septembre 1911.
34. *Ibid.*
35. *Paris-Journal*, 10 septembre 1911.
36. *Ibid.*
37. *Paris-Journal*, 9 septembre 1911.
38. Apollinaire, « L'Amphion faux messie ou Histoires et aventures du baron d'Ormesan », *l'Hérésiarque et Cie*, Paris, Stock, 1967, p. 240. La première édition date de 1910.
39. Cette lettre avait en fait été écrite à Paris sous la dictée de Fernand Fleuret. André Billy, *Avec Apollinaire*, souvenirs inédits, Paris-Genève, La Palatine, 1966, pp. 59-61.
40. « Mes Prisons », *Paris-Journal*, 14 septembre 1911.
41. Le procès-verbal de l'interrogatoire d'Apollinaire par le juge Drioux semble avoir disparu en 1974 dans l'incendie du fort de Montlignon (dépôt provisoire des archives du Palais) ainsi que le non-lieu d'Apollinaire. Je remercie M. Grand, aux Archives de la Seine, pour ces renseignements. Le texte cité ici a été publié dans *le Matin*, 13 septembre 1911.
42. *Paris-Journal*, 13 septembre 1911. André Billy, *op. cit.*, pp. 65-69, avait publié dans *Paris-Midi* une note saluant cette prétendue acquisition.
43. *Paris-Presse*, 20 juin 1959 : « Picasso passe aux aveux », entretien avec Gilbert Prouteau. Cette « confession » dément la version des faits donnée par Fernande Olivier, *op. cit.*, pp. 186-187.
44. *Le Matin*, 12 septembre 1911.
45. *Le Matin*, 15 septembre 1911.
46. Arch. nat., F7 14 866, Pistes diverses, H, Snatager. Le récit qui suit est fondé sur une note de l'inspecteur Cassellari à Pujalet, datée du 24 avril 1912, et sur les nombreuses correspondances contenues dans ce dossier.
47. Arch. nat., F7 14865, F, Pistes diverses, Jiacundo.
48. *Ibid.*, lettre du 7 octobre 1911.
49. *Ibid.*
50. *Ibid.*, lettre de Dujardin au commissaire principal chargé du Service général des recherches, 5 octobre 1911.
51. Arch. nat., F7 14866, Piste de Gand. Lettre de l'inspecteur Picard, 8 octobre 1911.
52. *Ibid.*, note de Cassellari, 13 octobre 1911.
53. Arch. nat., F7 14865, G, Pistes diverses, Pinon et autres.
54. Arch. nat., F7 14865, G, Pistes diverses.
55. Arch. nat., F7 14866, K, lettre du commissaire Robert, 9 décembre 1911.
56. Arch. nat., F7 14866, H, Pistes diverses, brouillon de lettre daté du 31 octobre 1911.
57. *Ibid.*, Piste de Gand, lettre de Sébille à Provençal, 7 octobre 1911.

58. Arch. nat., F7 14865, F, Jiacundo, Correspondance avec les autorités belges, lettre de l'inspecteur Gerbe, 14 octobre 1911.
59. *Ibid.*, lettre du 19 octobre 1911.
60. Arch. nat., F7 14866, copie de lettre datée du 19 octobre 1911.
61. *Ibid.*, lettre du 18 octobre 1911.
62. Arch. nat., F7 14866, I, Piste Nicolle.
63. Archives de la Seine.
64. Arch. nat., F7 14866, Pistes diverses suivies sans succès, rapport de l'inspecteur Chabas, 3 août 1912.
65. Le récit de cette entrevue, divulgué par Geri, est paru, avec quelques variantes, dans tous les journaux français le 14 décembre 1913.
66. La fiche anthropométrique de Peruggia, établie par la police italienne, est conservée aux Arch. nat., F7 14866, Peruggia.
67. Voir notamment *l'Humanité*, 17 décembre 1913 : « On se querelle à la Tour Pointue ».
68. 19 décembre 1913.
69. *Le Matin*, 14 décembre 1913.
70. *Ibid.*
71. *Le Journal*, 14 décembre 1913.
72. *L'Intransigeant*, 18 décembre 1913.
73. Arch. nat., F7 14866, Peruggia.
74. *Le Gaulois*, 14 décembre 1913.
75. *Le Matin*, 13 décembre 1913.
76. *Ibid.*
77. *Ibid.*
78. Arch. nat., F7 14866, Peruggia, lettre du 16 décembre 1913.
79. *Ibid.*, lettre datée du 16 décembre au soir.
80. *Ibid.*, lettre du 17 décembre 1913.
81. *Ibid.*, 16 décembre 1913.
82. *Ibid.*, lettre du 28 décembre 1913, à laquelle est joint le procès-verbal de l'interrogatoire de Peruggia dont nous extrayons quelques passages.
83. *Ibid.*, 20 décembre 1913.
84. *Le Petit Parisien*, 22 décembre 1913.
85. Arch. nat., F7 14866, Peruggia, traduction de la lettre transmise à la Sûreté générale le 24 décembre 1913.
86. Arch. nat., F21 4481, 2b, procès-verbal de l'identification du tableau.
87. *La Stampa*, 5 juin 1914, « Il velocissimo processo della Gioconda ». Les dialogues qui suivent sont extraits de ce compte rendu.
88. *Corriere della Sera*, 6 juin 1914. Sa peine sera par la suite réduite à sept mois.
89. Arch. nat., F21 4481, 8, Affaire Geri.
90. Archives de la Seine, jugement rendu par la 1re chambre du tribunal civil de 1re instance de la Seine.
91. Trad. A. Doderet, Paris, Éd. Sagittaire, 1925, p. 31. Sur D'Annunzio, voir également une lettre du directeur des musées nationaux au directeur des Beaux-Arts, du 29 janvier 1937, signalant les déclarations de l'écrivain sur *la Joconde*. Arch. nat., F21 4481, 2.
92. *Le Journal*, 27 et 28 juillet 1915.

Sources

Archives des musées nationaux (P15).
Archives nationales (F21 4481, F21 4904, BB18 2467 1, BB18 2532, F7 14865, F7 14866).
Archives de la police (Ba 394).
Archives de la Seine (D3U6 0156).

Principaux périodiques consultés : *l'Action Française, le Figaro, le Gaulois, l'Humanité, l'Illustration, l'Intransigeant, le Journal des Débats, le Matin, Paris-Journal, le Petit Parisien, le Temps.*

Nous remercions Véronique Foz pour l'aide qu'elle nous a apportée dans la documentation de cet ouvrage.

Table des matières

Crédits photographiques

Bibliothèque nationale : ill. 1, 2, 3, 8 ; *l'Illustration* : ill. 5, 6 ; Roger-Viollet : ill. 4 ; Collection Viollet : ill. 7, 10 ; Harlingue-Viollet : ill. 9.

Achevé d'imprimer le 19 mai 1990
sur les presses de Normandie Impression, Alençon